U0015666

噓……寂寞不能說

堅強，也許只是一種偽裝。
我仍然等待，等待一個為我擋風遮雨的肩膀。

時尚愛情代言人 雪倫——著

愛情，不是苦苦追求就一定能擁有。
有一些時候，想念著誰卻必須忍住不說出口，
有一些時候，放手其實沒有想像中難過，
有一些時候，故作堅強是為了不受傷，
更有一些時候，會遇見一個人，只有他，能看穿所有

知名網路小說作家
霜子/晴菜/Sunry 感動推

好友小倫說：「酒和美食是女人的另一個死黨。」

每次想起她這句話，我就忍不住想要給她一個大大的擁抱，她說得對極了。每次喝完酒，踏著微醺的腳步在街上晃著，感覺就好像踩在雲上那麼柔軟舒服。

可惜的是，每當結束和好友的聚會回家時，站在家門口，從包包裡拿出鑰匙，準備打開大門的那一刻，手裡握著沉甸甸的重量，像是又把我的心更往下拉了一樣，我總要花上一段時間，用力地深呼吸，好迎接開門後那一湧而上讓我心慌的孤單。

然後，習慣性對著映入眼前的一片黑，大大嘆了一口氣才進門。

隨便丟下包包、脫掉外套，踢掉踩了一整天的高跟鞋，把整個人狠狠拋在客廳沙發上，身體忽然間重重落下隨即又找到重心的感覺，會讓我的空虛減少一點。

這是我的房子，只有我一個人住的房子，三十坪大小的公寓，沒有任何隔間，除了一張方便歷任男友過夜的雙人床，其他的傢俱擺設都是單人使用，紅色單人沙發、白色單人茶几，浴室裡毛巾架只掛上一條毛巾，漱口杯裡也只站著孤單的牙刷。

小倫說過：「我覺得妳的傢俱好寂寞。」

我笑了笑，沒有回答。

好友總是對我的怪癖嗤之以鼻，因爲她們很難接受每次到我的房子裡聚會過夜時，還得自己帶上盥洗用具。

久了，這間屋子來來去去就只有我一個人。

我很慶幸，畢竟習慣自己一個人獨處，總比熱鬧過後，被空間裡久久不去的歡樂氣味惹得坐立難安要好多了。

我起身為自己倒了一杯茶，好減去酒在胃裡翻騰的速度。這時，手機傳來鈴聲，我慢慢地放下手中的杯子，忍不住微笑著，一定是采雅到家打電話來報平安。

這是姊妹們十幾年來的默契，最晚到家的，一定要打電話跟大家報平安。

從地上撿起包包，翻出手機，螢幕顯示的來電名稱，卻讓我的笑容頓時消失不見，這個人的電話，我一點都不想接。

螢幕顯示的名字是「連美芸」，更完美的解釋是，她是我的母親。

我高一那年，她外遇了，對象是一位醫生。對方的太太跑到父親工作的地方大聲叫囂，不顧父親的尊嚴，當場指責父親的無能、放縱，才讓母親有機會破壞她幸福美滿的家庭。

我那可憐的父親，在外辛苦賺錢養家應付母親需索無度的欲望，卻換得如此下場，那時候我明白了一件事，在愛情裡面低姿態的人，永遠都是輸家。

隔天，我的父母離婚了，是母親提出來的。她絲毫不在乎父親的感受、痛苦、眼淚，堅決地說什麼都不要，只要父親給她自由，她什麼都可以放棄，包括我。

我看著父親簽下離婚證書那一刻空洞的表情，這一仗，他輸得徹底。

兩個星期後，她就跟著那位醫師到美國去了。離去前，母親走到我房間要和我道別，我卻連看她一眼都覺得背叛了父親，不理會她的叫喚。她站在我背後解釋，是因爲忙碌於工作的父親讓她感覺太寂寞了，所以她才會選擇離開。

「有一天妳會明白的。」這是那天她對我說的最後一句話。

而我了解了，也得到了結論，「因爲太寂寞了，所以只能選擇背叛。」

可是，我不懂的是，爲什麼寂寞總是那麼多？

我和父親就這麼硬生生地被丟下，但是，我並沒有害怕，因爲至少身邊還有父親，可是我擁有父親的時間，並不是很長。

在我讀高中的三年，我知道父親過得很不快樂，他總是在下班後獨自一人坐在書房裡掉淚。後來我把房子裡所有有關母親的東西，包括她用過的杯子、餐具、衣服，還有她買的書、畫、音樂全部扔掉，讓她徹底從我們的生活裡消失。但我唯一無能爲力的，是父親腦子裡的回憶。

眞的，我束手無策，看著父親的悲傷，心好痛卻使不上力。

升上大學那一年，小倫的媽媽開心地爲她慶祝，采雅和青青的父母也分別送給她們上大學的紀念禮物，而我父親卻告訴我，他認爲我已經有能力照顧自己，接下來的時間，他想為自己做點事，過自己的生活，那就是出家斷了紅塵。

我看著父親怒吼，「那個女人丟下你，現在你要丟下我？」

「凱茜，這幾年爸爸累了……」父親艱澀地說。我發誓，這輩子我都忘不了父親那時既痛苦又堅決的表情。

難道母親的自私，就沒有造成我生活的負擔和痛苦嗎？

我告訴父親，如果他這麼做，我這輩子都不會原諒他。

但我似乎什麼也不是，母親帶給他的傷痛，超乎我的想像。

父親毅然決然地把財產全都過戶到我名下，一個月後，他離開了我，選擇到台中近郊的寺廟裡生活，在我的書桌上，留下寫著廟宇住址的紙條和一句保重給我。

於是我又再一次被拋下，不一樣的是，這次我什麼都沒有，只剩下自己。

悲哀！

每個晚上，我不斷地哭泣，但這一切並不會因為我的眼淚而有所改變。

十幾年來，這些不曾從我腦海裡抹去，隨著時間流逝，雖然有些傷痛會逐漸淡化，但在我心底，對母親其實還是充滿著憎恨的。

所以，她打來的電話我從來不接，這次也不會例外。

來回響了三次之後，她傳了一通簡訊給我。

「下個月，我會到台灣看看妳。」

我看著簡訊冷笑。

哈，看看我？看看我因為她的關係變得多狼狽嗎？每當照鏡子看到自己的臉，我就會想起她。從小到大，見過我們的人，總是對我說「妳跟妳媽是一個模子刻出來的」。

刺耳的語言，卻說著改變不了事實。

我討厭自己。憎恨的同時，有一個部分，我也憎恨著自己。

當我看著手機上的字，無法從自己的思緒中抽離時，屋子裡的室內電話響了，驚醒了我的哀傷。我知道是誰，因為這電話號碼只有一個人知道。

我嘆了一口氣，走到電話旁，接起電話。

不等對方開口，我便直接問：「怎麼還沒睡？」

「妳剛剛才回來？」他問。

「嗯。」

「去哪了？」

「采雅生日。」我簡短地回答，每一次想到母親，總是讓我情緒非常糟糕，難以平復。「下次早一點回家，太晚了。」他關心地說。

聽到他溫柔的語調，卻讓我更沒有辦法控制自己，「我早回家幹麼？我跟你不一樣，你有人在家等門，我沒有。」

「凱茜，妳可不可以不要這樣說話。」他很無奈。

「林君浩，我說的是事實，你該去陪你老婆睡覺了。」

「凱茜……」

我不想再繼續這種對話，「啪」一聲掛上電話。手裡握著話筒，我全身開始顫抖。我說過，憎恨她的同時，有一個部分，我也憎恨著自己，在感情這件事上，我跟我的母親一樣。

一樣自私。

從來沒有想過，一向敢愛敢恨的我，居然會和已婚的前男友繼續糾纏不清。對他的感情，已超出我能夠負擔的程度，離不開，只能和他一起向下沉淪。

這讓我更討厭我自己。

在這一段又一段的糾纏中，何凱茜逐漸失去自我，唯一能做的，就是用酒精麻痺自己的感受。

我揉著太陽穴，好減去偏頭痛的不舒適，昨天拔掉電話線後，自己又開了一瓶酒，喝到天亮才茫茫地入睡，即使是抽屜裡留著之前醫生開的安眠藥，但不管我再怎麼失眠，都不會去碰那種東西。

我看過小倫吃安眠藥的後遺症，行屍走肉般地生活，沒有意識、沒有記憶、沒有情緒，有一次她吃完藥後，一大早跑出去，被學校校車撞到，在醫院醒來，卻告訴我們她根本不記得這件事。

那一次，把我嚇得半死。

我不習慣脫序，而和林君浩之間的後續發展，是我這輩子想也沒想過的失控演出。

拖著痠痛的身體，才剛一踏進公司，我就聽到尖銳的叫喚聲。

「茜！」馬克總是喜歡用高八度的聲音叫我，他是唯一一個敢喚我小名的男人，不，其實他應該算是個女人。

「閉嘴。」我淡淡地說。

我不喜歡耳膜被穿透的感覺，太刺痛。

我大四時，馬克是我一年級的直屬學弟。他剛入學的那次家聚，因爲一段自我介紹，讓他成了日後大家的攻擊目標。

「學長學姊好，我叫馬克，平常喜歡聽音樂、逛街、看男人，喜歡男人是奶油壯漢型，白白嫩嫩乾乾淨淨，但全身肌肉，像熊一樣的男生。我是gay，請大家多多指教。」

我永遠也忘不了他臉上閃著驕傲的神情坦率地出櫃，有誰能比我何凱茜更驕傲？「我是gay」這幾個字，比「我是何凱茜」來得更理直氣壯，短短幾個字就讓我震撼。

也因爲他的關係，從小就開始學跆拳道的我，頭一次出手揍了一個班上的男同學，理由是他在學校餐廳裡，大庭廣眾下說馬克是變態。而那一拳讓他在一個星期後，辦理休學準備轉學考。

愛，憑什麼分性別？男人與女人的愛，就有比男人與男人的愛來得高尚偉大嗎？

我並不這麼認爲，尤其是當我想起母親的背叛。

馬克討好地走過來，接過我手上的包包，靠在我耳旁說：「茜，林先生打了幾百通電話找妳了。」

林先生，林君浩的另一個代號，不只馬克這麼叫，連好友們也都這麼稱呼他。

「不要管他。」我走到自己位置上坐好，打開電腦。

「怎麼又吵架啦？」馬克幫我把包包放進櫃子裡，順便替我泡了杯人蔘茶。

我按下信件匣查看email，對於他問話裡那個「又」字覺得厭煩，這表示我的感情路常常不順。我不耐煩地回問：「你很閒嗎？」

「哈，我很閒？老娘早上八點就進公司一直忙到現在，全公司也只有妳何大小姐可以不用準時打卡上班。」馬克邊說邊指著他的C牌白色陶瓷腕錶。

我笑了笑，「如果你可以一年創造千萬業績，那老闆也不會管你要不要打卡。」

「嘖，妳這不是講我做不到的事情嗎？我又不是業務員，寫寫企畫案還可以啦，要像妳賣東西賣得這麼理所當然，我可能要重新投胎吧！」

我看著email上的新訂單，每一筆交易都是我花了很多心血與時間爭取來的，絕對不是坐著等待就會從天下掉下來。

八年前，我剛進入公司，那時公司成立不久，與老闆一起跑客戶、拜訪設計師，四處推銷公司代理的進口傢俱，跑斷好幾雙高跟鞋，腳後跟起水泡，累到喉嚨沒聲音，三餐不正常，卻一個月跑不到一件case，都是很正常的。

爲了更能了解客戶的需求，我回到學校重新進修設計課程，白天跑客戶，晚上到學校上課，假日更花時間在公司裡，了解所有產品的材質，以及各種材質的耗損度、舒適度，才培養出看傢俱的好眼光。

公司從傳統業務推銷，到現今成立直營門市，但我依然抱持只想當個業務員的原則。管理自己，對我來說比控制其他人來得輕鬆許多，好幾次老闆執意要我接管部門，卻讓我以離職威脅斷了他的打算，畢竟我一個人的業績，足以抵上全省三間門市。

雖然我沒有任何頭銜，但我一個噴嚏足以撼動全公司，所以我沒有上班時間的限制，能在中午進辦公室，老闆已經要偷笑了。

我列印出訂單，交給負責出貨的小陳。

「何姊，這張訂單，沒辦法馬上出貨喔！」小陳說。

我淡淡地看了他一眼。

「何姊，妳每次這樣看我，我都很害怕。可是出貨需要時間，現在才處理到妳上星期的訂單。」小陳一臉無辜。

「動作加快就對了。」我說。

接著，只看到小陳一臉要哭要哭的樣子，但就哭出來吧！人生就是哭完才會長大。

回到位置上，桌上電話響了，我轉過頭，看了馬克一眼，他很清楚知道我眼神裡的涵意，認命地走到我旁邊，幫我接起電話。

然後他用無聲的口型告訴我，「是林先生。」

我雙手交叉，比出大大的一個叉。

「凱茜不在位置上。」馬克回答完三秒後掛掉電話。

我嘆了一口氣，對馬克說了聲，「謝謝！」

「幹麼不接？現在不接，以後還不是會接？」馬克這句話簡短有力又直接點出重點。

每次和林君浩起了爭執，我總是希望，就這樣畫下句點該有多好，可惜卻總是落空。和他的關係，就像被一條無形的線繫得緊緊的，解不開也剪不斷。

也許是馬克直接的說法，更讓我心情好不起來，我對他說：「我覺得你今天很煩。」

「但我家寶貝說我今天很可愛。」馬克對我拋了個媚眼，要像他這麼隨時隨地展現女人味，我還眞是做不到。

我從沒喚過歷任男友寶貝，我會想吐。

「眞是夠了。」我忍不住皺了皺眉頭。

「對了，昨天采雅的生日會好玩嗎？」馬克問著。

「還不錯，而且小倫還有豔遇喔！」昨天晚上到客戶開的pub裡幫采雅慶生，兩年多沒男友的小倫還被一位香港來的大帥哥搭訕，我眞是忍不住爲她開心。

「眞的假的？小倫不是心如止水嗎？」馬克聽到這句話也開心了起來。

我笑了笑，「我可不希望她一直心如止水，不過，就差那麼一點，她居然拒絕。」

小倫是那麼美好，關於幸福這件事，她是應該得到的。

馬克大叫，就像獵人眼睜睜看著兔子從他眼前消失那樣，「什麼？妳怎麼沒有好好教訓她？」

「當然有，我和采雅一路把她罵回家。」

「好可惜喔！如果我昨天在場，再怎樣都要把她弄上那個男人的床。」馬克就是這樣地和我志同道合。另外一個和我們目標相同的人，是小倫的媽媽。

「算了吧，你有異性沒人性又不是一天兩天的事。」我忍不住吐糟他，這次新歡阿豪可是讓馬克完全淪陷，交往不到一個星期兩個人就同居，現在到哪兒都變成連體嬰。

「哎唷！幹麼這樣說，阿豪要介紹他的姊姊給我認識，妳知道在這個gay界是很不容易的事。」他的語氣十分撒嬌。

「我當然知道，接下來該不會介紹父母了吧？」我開玩笑地說。

馬克突然嘆了一口氣，「這可能有點難啊！阿豪姊姊從國外回來，思想比較開放，可是他爸媽都是很傳統的台灣父母，一直以為我們只是好哥兒們。所以在跟他父母講清楚之前，我們都很珍惜現在相處的時間。」他回答著，眼神閃著愛是一切的光芒。

「呿！」忍不住對他翻了個白眼，反正戀愛最大，什麼都有道理。

「倒是妳，再不回電話給林先生，他可能就要發瘋了。」馬克拍拍我的肩膀，回到自己的位置上。

我看著今天一直未開機的手機發呆，也許就讓它這樣結束吧。但是心裡揮之不去的念頭卻是告訴自己，我想念他，我想念林君浩。

即使我從來就不曾主動開口告訴過他，我想他。

這些想念與表達愛的話語我從來不說，那會讓我想起母親告訴過我，她選擇離開是因爲她寂寞，而這可笑的寂寞，讓我和父親都成了不幸的人。

所以，寂寞對我來說，是一切悲傷的開始。

不管覺得再空虛再孤單，我都不會向任何人求救，絕對不說：「我覺得好寂寞。」

寂寞是禁忌。

在公司待了一個下午，聯絡一些客戶，了解他們產品的使用狀況，處理些文件資料後，轉眼已經接近下班時間，我整理一下桌面，打算約馬克一起晚餐。

「晚上一起吃飯？」我說。

馬克露出抱歉的表情，「Sorry，晚上跟阿豪有約。」

忘了馬克正在熱戀，我笑了笑，「好啦，沒關係。」

從櫃子裡拿出包包，和大家說聲再見之後便離開公司。

但我沒打算回去我的房子，也許四處晃晃，自己去看場電影，再不然就到小倫家，吸收一點家的溫暖，來支持我繼續生活下去。

走出公司門口時，林君浩正站在大門口，帶著我始終無法抗拒的溫暖微笑看著我。

總是這樣，一看見他的笑容我就被打敗，整個下午的堅持，在這一瞬間完全瓦解。

他朝我走過來，站在我面前，對我說：「我們去吃飯。」

看著曾經讓我認爲自己也有權利幸福的男人，突然覺得他離我好遠，即使我們現在的距離只有三十公分，即使我的鼻間聞到的，都是屬於他的Bvlgari BLV Homme香味，他依舊遙遠。

交往到第四年時，他說他父母在催婚，也做了些打算，那個打算就是——林太太這個身分將會是他公司裡的會計小姐來擔任，而不是我。

一陣又一陣的暈眩朝我狂襲而來，他說，不忍心將我擺在他們家的牢籠裡，所以他只能選擇放開我，讓我快樂。

我該體恤他的苦心，還是感謝他的關愛？驕傲的我，直到他離去後才落下眼淚。好友陪我大哭一場之後，我用最快的速度安慰自己，恢復生活，可是，心的自由卻在他結婚時跟著一起消失。

當下完全可以明白「新娘不是我」的痛苦滋味，不只是愛情電影情節那般遙遠，而是眞眞切切的心痛，像是整個世界都背叛了我。

斷了聯絡一個月後，某一天晚上，他竟出現在我房子的門口，用冠冕堂皇的理由告訴我，「沒有妳，我很不快樂。」

我不知道那時候我到底怎麼了，沒有拒絕他進門。在成就他的快樂時，我卻比以前更不快樂，驕傲的何凱茜，那一天起讓自己陷入這一場沒有結束的爛遊戲裡，逐漸失去尊嚴。

現在，他就站在我面前，而我卻開始想逃開，想念和痛苦相互拉扯之際，那一股心傷在不知不覺時，早已經慢慢取代了想念。

「你怎麼來了？」我無奈地問。

「想跟妳一起吃飯。」他帶著微笑，伸手接過我的包包。我沒有機會說不，沒有時間抗拒，他轉身往前走，我跟在他身後，一前一後走著。

從他結婚的那一刻開始，我們就失去了牽手的權利。

他帶我到我最愛的日本料理店，依然是我喜歡的包廂、我滿意的貼心服務、我習慣的料理香味，可是，今天的食物吃起來完全沒有味道。

我看著他，「今天不用陪你太太？」獅子座的我，總是喜歡提出尖銳的問題。

「她今天回娘家。」他皺了一下眉頭。

「爲什麼不陪她回去？」我繼續說著。

他開始露出不耐煩的表情，「爲什麼總是要問這種問題？」

「這樣才能讓我認清你已婚的事實。」我必須不斷提醒自己，以免自己對幸福還有更多期待。

「妳應該很清楚，結婚並不會改變妳在我心目中的地位。」

我嘆了一口氣，對於這樣的回答早已麻木不仁，「別再說這種話，這很諷刺，不是嗎？」

「凱茜，我知道妳很委屈，但生活在我的家庭，會讓妳更委屈。」我知道他媽媽一向不喜歡我，她想要的是一個溫柔婉約，以丈夫家庭爲生活目標的媳婦。

但我不是，我既不溫柔，更不婉約。要我放棄工作，不如直接叫我放棄生命。

「有沒有想過，也許我們結束對彼此都是解脫。」我說出近日來心裡的想法。

他驚訝地看著我，似乎不敢相信會從我口中聽見這句話。即使我從不說愛他，他也明白我對他的感情有多深。

「我從沒想過讓妳離開我。」他說。

一句話，他說明了我們之間還得繼續糾纏，簡單扼要，卻又傷人。

「包括你決定結婚的時候？」我問著。

他沒有回答，我得到了他的默認，這讓我很想吐，胃部突然一陣緊縮。

「我不想吃了。」我丟下筷子。

他很懂我，馬上叫來服務生，替桌上食物打包結帳。回我房子的半路上，他下車到便利商店買了些微波食物、零食、生活日常用品，替我塡滿總是空蕩蕩的冰箱。

「除了酒以外，妳可不可以買些吃的放在家裡？」他邊整理食物邊對我說著。

「肚子餓了我會去買。」我躺在床上，好無力。

「妳不會。」他很直接地回答，而且說對了。

我從不張羅房子裡的食物，在這屋子裡我不會感覺到飢餓，因爲總是有巨大的空虛感餵飽我。

幫我整理打掃房子之後，他坐到床邊，突然摸著我的臉，對我說：「凱茜，不要離開我。」

我看著他逐漸不安的表情，在心裡大大地嘆了一口氣。

拉開他撫著我的臉的手，沒有回答，我不能離開他，但是，我也沒有辦法擁有他，這讓我無法取得平衡。

也許我該感謝他，在他身上，我學到愛與擁有是兩回事。

擔心我離開的林君浩，結婚後第一次在我的房子裡過夜，但我很清楚這並不代表什麼，當他從背後抱著我的時候，我的眼淚莫名其妙地從眼角逸出，落得無聲無息。我的眼淚和他的擁抱，為我們兩個人的寂寞做了證明。

這半年多來的掙扎讓我逐漸疲乏，人最受不了的，就是在同一個困境裡反覆太久。

太久了，我想。

我隔天醒來之後，林君浩已經離開了，而我的手機正響個不停。

呆愣地看著床上失去溫度的位置，我花了十秒鐘才回過神，接起電話。

我不喜歡被手機喚醒的感覺，那是某種程度的束縛，通常回到家後，我會選擇把手機關掉，但很顯然的，昨天晚上我忙著與悲傷較勁，沒有時間關機。

接起惱人的手機，我的態度當然也不會太客氣：「不管你是誰，最好有非常重要的事要說。」

「凱茜，大直門市昨天晚上鐵門被破壞，不見了一些東西，妳可以過去看看嗎？」老闆跟他老婆去日本逍遙一個多月還不回來，現在還好意思打電話來遙控我。

「所以呢？小陳、馬克、還有經理都可以去，不是嗎？」眞是搞不懂，公司裡面一堆人都能夠處理，何必非得叫我。

老闆在電話那頭嘆氣，「他們辦事，我不是很放心，這種事可大可小，我還是覺得只有妳有辦法處理。」

我聽你在放屁！這是我聽完後，心裡浮現的第一句話。

慢慢地撂下狠話，「好！我去，等你回來之後，你這次放假多久，我就放多久。」然後，我聽到老闆倒吸一口氣的聲音，「可以不要那麼久嗎？兩個星期可以嗎？」

「好，你最好快回來，我不想再應付公司那些雞毛蒜皮的小事。」我眞的受不了，明明安排好人事的配置了，爲什麼連買個公司用的衛生紙都要問我。

「我知道，可是小麗說要多玩幾天。」聽他畏畏縮縮的聲音，就知道是他老婆在搞鬼，她老是認爲我跟老闆有曖昧關係，三天兩頭就擔心我搶走她老公，好啦，現在結婚了，就以老闆娘的姿態奴役我，要不是看在幾年來的革命情感，我早就走人了。

「隨便你，反正公司不是我的。」我回答。

「好啦，我會盡快回去。」他焦急地說。

懶得再聽他廢話，我掛掉電話，氣得從床上起來，準備去收拾爛攤子。

一到門市，就看到兩個店員小姐呆坐在樣品椅上，眼神渙散，看起來不是縱慾過度，就是違禁品吃太多。

「現在是怎樣？」我站在門口，對於眼前看到的景象不是很滿意。

她們兩個聽到我的聲音，嚇得趕緊站起身來，「何姊，妳來了。」

我看著她們兩個，火氣開始上升，公司制服沒換上、妝也沒化、頭髮散亂，根本不是準備好要來上班的。

「我很不想來，尤其是看到妳們兩個這種樣子，從妳們打電話回公司之後，妳們就一直坐著，什麼事都不用做嗎？」

她們的頭愈來愈低，完全不敢說話，但這更讓我生氣。

「報警了嗎？」我接著問。

她們同時搖了搖頭。

我忍不住怒吼：「從妳們十點上班，到現在已經中午十二點半了，居然還沒有報警？」到底是在搞什麼鬼？

「何姊，是公司說等妳來再處理。」門市小姐A說。

我有一種想殺人的衝動，但應該會先殺了老闆。

「報警，馬、上。」這句話我幾乎是咬牙切齒說出來的。

等待警察到現場的時間，我要她們兩個先去打理好自己，然後開始巡視不見的傢俱及商品到底有哪些。我發現這個門市髒亂不堪、庫存亂七八糟，會發生這樣的事情，我自己心底也有了個底。

警察來到現場，盡責地做筆錄、勘察，「何小姐，現在景氣不好，犯罪率高，要麻煩你們多多注意一下。」

我點了點頭，感謝警察先生的幫忙。

半個小時後，警察離開了，我打電話到保全公司，問了些事情，果眞就像我推測的那樣。

我試著控制自己的脾氣，「妳們來一下。」

看著坐在我眼前的年輕妹妹，突然之間，我發現不知道該怎麼跟她們溝通。

她們有著皎好的臉孔、魔鬼般的身材、緊緻光滑的肌膚，但在這些背後，她們擁有的還有什麼？

我嘆了一口氣，「昨天打烊的時候，爲什麼沒有啓動保全？」

她們兩個人驚訝地看著對方。

「如果保全系統有設定好的話，今天公司不會損失這麼多。」我估計被偷走的東西價值有百來萬。

她們相互指責的眼神被我看在眼裡。

「而且妳們電腦裡庫存系統做得亂七八糟，門市髒亂到不行，樣品也不保養，到底要怎麼接待客人？公司的訓練是假的嗎？如果妳們自我管理的能力這麼差，我想公司可以找到更適合的人。」忍不住愈罵愈大聲，我不適合管理別人，就是因爲知道自己的脾氣跟表達能力都差得可以。

「何姊，對不起，以後我們會注意的。」聽到要撤換她們，緊張得開始求情。

我並不享受這種操控生殺大權的感覺，除了不習慣之外，也很不喜歡。

犯了這麼大的錯誤，並不是一句對不起就可以的。告訴她們公司會處理之後，我拿了包包就離開門市，那裡讓我覺得焦躁。

走到街上才發現我的胃正在抗議，我需要一杯咖啡來安撫它，還好不到十公尺就有一間便利商店，趕緊買了杯拿鐵，坐在店裡貼心設置的座椅上，讓溫熱的咖啡順著喉嚨填補我空虛的胃。

手抵在下巴，看著窗外竄動的人影，真不敢相信自己現在居然還有這種閒情逸致坐在這裡，看著這忙碌的景象。

我注意到對街上有一位女子，頭髮及肩，清秀的五官露出憤怒的表情，和背對著我的男人好像是在爭論些什麼。

我開始檢討自己，剛才應該沒有出現這樣猙獰的表情吧。

我看著那位男子的背影，心裡湧起的盡是同情，但我不知道自己在同情他什麼。

也許是他背影透露著些許求救的味道，我感受到，可惜我卻救不了他。

我看到出神，直到那位女子甩了那位男子一巴掌之後離開，我才回神。

哇嗚！心裡浮上的第一個反應，讚嘆。

電影裡常常有女人生氣打男人巴掌的畫面，我總是很疑惑，不懂爲什麼要呼男人巴掌，這並不是發洩憤怒的好方法，懲罰男人不能讓自己受傷，呼了那一巴掌，自己的手不也會痛嗎？

女人開著車子走了，但男子依舊動也不動地站在原地，我看著他，然後想起我自己。我會同情他，也許是因爲我知道被丟下的人總是特別寂寞吧！

察覺自己浪費太多時間在這戲碼上，我起身拿著咖啡回到車上，準備回公司。進公司之前，我塞了兩顆喉糖，算準了自己進公司一定會來場大戰的。

沒錯。

一進公司後，我先是罵了負責人事的小綠沒有好好管理人員，再來是罵了負責倉管的小陳，門市庫存做得這麼亂他居然沒有發現，最後，就是罵那個要她們等我到現場去再處理的馬克。

「茜，對不起嘛！我沒有遇過這種事，不會處理啊。」馬克嘟著嘴裝可憐。

但我不吃這套，「給我放下你的嘴，礙眼！」

「唉，人家怕被妳罵，還打越洋電話叫老闆自己跟妳說，我就是不會處理嘛！」

「你不會叫他回來處理嗎？」想到就有氣。

「茜，妳在開玩笑嗎？」他反問我。

是，我只能說些負氣話來宣洩氣憤，白痴也知道，他才不會從日本專程回來處理，這個認知更讓我生氣。

「閉嘴。」我說，接著拿起桌上的分機撥給小綠。

「小綠，把大直門市的兩個小姐拆開，今天開始，讓她們一個跟阿蓉、一個跟小緯，告訴他們，公司再給她們一個月試用期，如果不OK，就換了吧！」阿蓉跟小緯是公司的創始元老，他們的能力與工作態度都讓我非常信賴及安心。

掛掉電話後，馬克在我身後大叫，「眞不愧是茜，好有魄力喔！」

「你眞是吵死了，每天處理這些有的沒的，我都要中風了。」從早到現在的煩躁一直沒少過，而且胃還愈來愈不舒服。

「哎唷，幹麼那麼凶啦，是好朋友來了嗎？」馬克摟著我的肩膀撒嬌地說。

我忍不住敲了一下他的頭，「去你的！」

然後，我停頓了。

突然發現自己的月事已經遲了好久，拿出記事本確認一下，我開始有種不好的預感。

馬克看到我神情變得凝重，在我旁邊擔心地問：「茜，妳怎麼了？臉色怎麼變差了？」

我吞了一口口水，轉過頭對著馬克說了一句話。

接著，他大喊了一聲：「啊——！」尾音拉得很長。到底是有多噁心，不過就是請他幫我買些驗孕棒。

「妳眞的很想整我，對嗎？」他說。

我認眞地搖了搖頭，他只好認命地拿了錢去幫我買驗孕棒。

馬克離開後，我從背脊開始發涼，接著我的手也失去了溫度。前所未有的緊張感在我的血液裡蔓延，我開始擔心，如果我眞的有了林君浩的小孩該怎麼辦？

那麼我複雜的人生，就再也沒有辦法簡單了。

這個世界上，沒有什麼比等待驗孕棒出現線條還要心驚膽顫的過程了，這種心臟要湧到口中的感覺，不是哈利波特對抗佛地魔時可以想像的。

我和馬克待在女生廁所，站在洗手檯旁，我緊閉著眼睛，等待馬克告訴我結果。單單一支驗孕棒，就可以讓我的人生完全不同。如果出現一條線，我可以到天堂和上帝作伴，但如果出現兩條線，我就會跌入地獄，成爲撒旦。

「好了嗎？」我緊張地問。

接著，我聽到翻動驗孕棒的聲音，「還沒啦！妳一次用十支，總是需要一些時間啊，眞搞不懂妳，需要用到這麼多嗎？」

我啐了一聲，「這樣比較準確。」

嘆一口氣，依舊緊閉著雙眼，很擔心接下來的後果是我無法承擔的。如果肚子是空的那就天下太平，萬一肚子裡眞的有些東西，勢必會有一場不能預期會如何發展的戰爭。

焦躁到不行的我，氣得用力打了一下自己的頭。

「茜，妳幹麼？」馬克拉下我的手。

「沒事啦，到底好了沒啊！」這短短十分鐘過得好像一輩子。

「時間是差不多了，可是……茜，我真的看不太出來到底有還是沒有耶……」馬克緩緩地說。

我睜開眼睛，瞪著他，「什麼叫做看不出來，不就是一條線或兩條線嗎？」

他拿起其中一支遞給我，「妳自己看。」

接過來之後，我看著驗孕棒發呆。

「第二條線這樣到底算是有還沒有？」馬克指著第二條粉紅色的線說著。

我拿起第二支、第三支……全部都呈現同樣的結果，這讓我一句話都說不出口。

第二條線要紅不紅的，簡直就是在整我。

「茜，我陪妳去看醫生好了。」馬克看著我說。

我搖了搖頭，深呼吸，拒絕了馬克，「我自己去就可以了。」

不知道從什麼時候，我已經忘了依賴兩這個字該怎麼寫，半夜發燒自己一個人開車到醫院掛急診，浴室水龍頭壞了，也是自己買回來修。從父母離開我之後，我知道獨立這件事是可以被強迫學會的。

我們總是在某個時候，被強迫長大。

馬克不放心地看著我，「妳確定？我怕萬一眞的懷孕妳會受不了打擊。」

「呿！我是誰？」我不屑地看了他一眼。

「是，妳是十項全能的何凱茜。」馬克說到重點。

我滿意地點了點頭。

但他卻一臉感傷地接著說：「可是妳也是個女人。」

忍不住瞪了他一眼，「那我會當個十項全能的女人。」我說。

「嘖，倔強。」馬克手雙手抱胸不以爲然地說著。

「那不叫倔強，叫做認清在這個社會生存的自然原則。」我把全部的驗孕棒都拿到垃圾桶丟掉，然後轉身離開。

他跟在我身後，碎碎唸著：「還是我打電話請采雅或小倫陪妳去？」

我停下腳步，轉過身瞪他，「如果你敢打，你應該很清楚下場是什麼。」

「好，不打不打！」馬克這才害怕起來。

這種事情，如果被她們知道，小倫可能會去殺了林君浩，采雅可能會發瘋吧！爲了免去疲勞轟炸，我一點都不想告訴她們。

拿了包包後，我離開公司。開車前往醫院的路上，不停地思索著該不該打電話給林君浩，畢竟要擔心害怕這件事的人不應該只有我一個，反覆地按下撥號鍵後又馬上掛斷，一直到醫院，手裡握住手機，依舊還是沒有撥打成功。

掛完號，我坐在椅子上，前後左右都是孕婦，每個人身旁都有親愛的老公陪伴。而我現在除了恐懼之外，還擁有什麼？

低下頭，想假裝看不到這些景象，我開始想著單身的好處來安慰自己。

過了十分鐘，診療室的門開了，我聽到護士在提醒剛看完診的孕婦，告訴她懷孕一個多月應該注意的事項。

孕婦用著開心的語調回答，「我知道，眞的謝謝妳。」

我依舊低著頭，緊抿著嘴唇，擔心接下來護士小姐也會對我說這些話。

「請問是何凱茜小姐嗎？」

我抬起頭來，一位護士小姐站在我面前。她後頭有一位孕婦走過去，臉上笑得燦爛，那光芒幾乎讓我睜不開眼睛。

更讓我覺得刺眼的是，站在她旁邊的，居然是我從剛才到現在一直不敢撥電話找的人，林君浩。

我驚訝著，卻不讓情緒表現在臉上，手心開始冒汗，耳朵也嗡嗡作響。

看他細心地扶著太太，一臉滿足幸福，然後我想起他對我說他不愛她。

頓時之間，我像重重挨了一巴掌。

當他看見我時，臉上驚訝扭曲的表情讓我心灰意冷。

護士喚我回神，我的眼神從他身上拉開，「何小姐，妳還好嗎？」

我點了點頭。

她微笑地看著我，遞了一個紙杯到我手上，「何小姐，麻煩妳跟我來。」

我跟在護士身後，再也不願意回頭去看所有謊言背後的眞相。忍住眼淚的我，卻止不住身體的顫抖，我居然讓自己陷入這種狼狽不堪的圈套裡。

很傻，十項全能的何凱茜，不懂得什麼才是愛。

關上洗手間門的那一刻，我心裡爲自己和林君浩建築的城牆瞬間崩塌，我的世界裡，沒有白馬王子，也沒有城堡，只留下一身傷。

倚在洗手間的門上，不停平復自己的呼吸，我現在只想確定到底是不是懷了他的孩子。

故意在洗手間裡待了很久才出來，如預期的他們也已經離開了。

我又坐回原來的位置等待，心裡浮現的第一個想法是這是我的報應，我想。

因爲貪戀林君浩給我的溫度，我不上天堂，和他一起在沉淪在地獄裡，可是得到懲罰的人卻只有我一個，這眞的太不公平。

但這世界本來就不公平。

所以我說服著自己，如果肚子裡眞的有了他或她，就自己生下來吧！即使沒有父親。當我的小孩，就要夠堅強。

護士小姐叫著我的名字，我走進診療室，坐在椅子上，醫生開始爲我檢查，從眼睛開始，然後是喉嚨、心臟……到後來，我忘了自己是如何走出醫院回到車上的。

放在車上的手機傳來鈴聲。

螢幕上顯示是林君浩的來電，我沒有接也不想接，不知道響了多久，他才放棄打電話，傳了一通簡訊給我。

「身體不舒服嗎？要不要我去看妳？」

我看著這幾個字苦笑。

他總是若無其事地做這些舉動，裝作什麼都沒發生一樣，好讓我忘了他已婚、忘了自己的寂寞，現在又要我忘了他老婆懷孕。

原來要當第三者，不能太聰明，還要適時地暫時性失憶。

可惜，我既聰明，記憶力又好。

回想醫生帶著笑對我說：「何小姐，妳沒有懷孕，不過最近可能要放輕鬆一點，不要熬夜，這些都會造成內分泌失調。」

原來我沒有懷孕。

複雜的情緒，快讓我喘不過氣來了。

我現在需要發洩，拿起手機，撥了電話給小倫。

「喂。」小倫在電話那頭回應著。

可是，一句話都還沒開始說，我卻哭了。

眼淚在我臉上放肆張狂地流著。壓抑過後的宣洩，像原子彈爆炸一樣一發不可收拾。當我看見他們親密地相互依偎時，我沒有哭，當我親耳得知她懷孕時，我也沒有哭，那我現在爲什麼要哭？是因爲沒有懷孕鬆了一口氣，還是覺得惋惜？

我不知道。

我不知道爲什麼眼淚來得這麼晚。

我更不懂爲什麼難過的時候笑不出來，只想掉眼淚。

聽到小倫的聲音，眼淚不停地流著，所有的話卡在嘴裡，一個字都吐不出來。

「妳在哭嗎？」小倫不確定地問。

我只能在電話這頭猛點頭，依然發不出半點聲音。

過了一會兒，小倫嘆氣，開口說：「妳要我先等妳哭完，還是先告訴我發生了什麼事，然後等一下再哭？」

我努力地深呼吸，用力擦掉眼淚，最後只能吐出，「她老婆懷孕了。」這麼一句話。

「所以？」

「他說他不愛他老婆。」我哭著說，傷心得像是被騙走了棒棒糖的小孩一樣。

「就算他不愛他老婆，但再怎麼樣她還是他老婆，而且還是林家的媳婦。」小倫這句話狠狠地打在我胸口。

我忘了，結婚不是兩個人的事。

「妳在等他嗎？」她問。

「我沒有。」我趕緊反駁。

「那妳爲什麼要哭？」她繼續問，「妳該不會認爲他不會跟他老婆做愛吧！」

小倫的每一句話每一個字，都來得既坦白又直接，把活在林君浩世界裡的我逐漸拉回現實。

「凱茜，該結束了吧！」

該結束了吧！該結束了？要結束了嗎？我不停地問自己。

掛斷電話後，我努力地不讓眼淚模糊視線，調整呼吸，好讓自己能夠安全地開車回家，而這期間，林君浩不停地來電已經把我的手機電池電力耗盡。

回到家後，我發瘋似地剪斷電話線，摔壞他買來的室內電話，再從櫃子裡拿出一瓶尊爵威士忌，不加冰塊喝了半瓶。眼淚再加上酒的滋味，是苦的。

從衣櫥裡面翻出他留了好久的衣物，一直捨不得丟，留到最後只換來一次又一次的背叛。早在他結婚那時候，就應該放一把火燒了，而不是留著，佔去我收藏美麗衣裳的空間。接著，把他看的商業週刊、理財雜誌，還有其他他買的東西也通通丟成一袋。

我全身酒味地拿著那一大袋東西走到樓下街上，有一位伯伯總是在撿大樓的垃圾，我把手上的袋子遞給他，伯伯對我笑了笑。

「感謝妳啊！漂亮小姐。」

我搖搖頭，轉身離開。

伯伯在我後面關心地說：「別喝太多酒了，對身體不好。」

我停下腳步，轉過頭去對著伯伯吼：「那你叫那個王八蛋去死！」

發洩我完我莫名其妙的脾氣，還來不及看清伯伯驚嚇的臉孔，我已經轉過身繼續往前走。

搖搖晃晃回到家，躺在床上。

那股鹹味又沒完沒了地從眼角竄出，腦子裡不停地想著林君浩，那股想念幾乎快把我整個人掏空。我中了林君浩的毒，閉上眼睛，迷迷糊糊好像又回到認識的那一天，他斯文的臉龐帶著溫和的微笑，我一眼就知道他是我的。

為什麼我們總是不斷地創造回憶，卻又受困在回憶裡？

不知道自己睡了多久，當我睜開眼睛的第一秒，只覺得胃在翻攪，馬上起床衝進廁所抱著馬桶狂吐，喉嚨好像被火灼傷那樣，我有一種再吐下去會吐出血的感覺。

還好，沒真的吐血。

我洗了一把臉，才剛從浴室走出來，就聽到瘋狂按門鈴的聲音。

心裡突然一窒，隨即假裝不在家，坐在客廳的紅色單人沙發上，和那持續的門鈴聲對峙。

時間愈長，對我愈不利，那股堅持隨著時間，開始慢慢在瓦解。

該結束了嗎？這是我不停想起的一句話。

我很清楚，門外的人如果是林君浩，那麼只要我開門，這一切又會回到原點。

我眞的害怕這反覆的循環。

我坐在紅色沙發上，咬著嘴唇，心慌意亂的。接著聽到隔壁鄰居走出來對按門鈴的人大吼：「是在按三小啦！那麼久沒出來開門就是不在，你一直按就會有人嗎？」

可是鄰居的怒氣並沒阻止門鈴聲的持續。

「媽的，你再按看看！」鄰居更加光火。

我只好站起身，走到門口開了門。

我看著站在我面前的人，倒吸了一口氣，心臟不停地狂跳，卻還得佯裝鎭定。

鄰居看見我，馬上破口大罵：「是死在裡面嗎？按了快半個小時妳都沒聽到嗎？有沒有公德心啊？」

「砰！」一聲，關上門，還夾帶著許多發洩性的字眼，但我不在乎。

我在乎的是，站在門口的人不是林君浩，而是連美芸——寫在我身分證上母親那一欄的人。

距離上次見面到現在已經有五、六年的時間，這次出現，她還是玩著一樣的把戲。因爲她知道，即使我把父親房子重新裝潢成單人住宅，我就是捨不得這裡。

站在我眼前的她依然美麗，不！甚至更美。

這點讓我非常不愉快，憑什麼父親在寺廟吃齋唸佛，她卻像貴婦人般享受生活。

我面無表情，希望她能快點走。

但她沒有，還帶著燦爛的笑容對我說：「嗨，女兒，好久不見。」

她的熱情我無福消受，「如果可以，我希望這輩子我們都不要見面。」

「呵，幾年不見，妳還是像個刺蝟，難怪到現在還嫁不出去。我說啊，三十歲的女人非常需要保養的，妳瞧，妳黑眼圈這麼重，這樣怎麼可以？」

她自顧自地說，我卻完全不想理她。

「妳到底要幹麼？」我直接問。

「我說過了，我要回台灣來看看妳。」她伸手撥撥自己的頭髮，也讓我順便看到了她手上價值不斐的腕錶。

噁心。

「妳看到我了，可以走了。」我說。

「我這次想在台灣多留一點時間。」她伸出手想要摸我的臉，我馬上退後了一步，她識趣地放下手，卻還是笑著。

刺眼。

「那干我……」才想繼續反駁她時，聽見電梯「叮」一聲，接著我看到林君浩正從電梯走出來，來到我們面前。

他微笑地看著母親，母親也看著他，眼神來回打量。

而我只能站在原地，什麼都說不出來。

空氣在尷尬的氣氛中流轉，腦子只出現一個念頭：也許現在馬上落荒而逃，是最好的方法。

於是，在他們還沒回神時，我用最快的速度逃了。

硬生生從他們眼前逃了。

我不知道該怎麼介紹他們認識，也許根本不需要介紹，而我也不打算放任自己在那樣的情緒裡，母親和林君浩，都是我最不想觸碰的點。

趁著鄰居拿著垃圾要到樓下去丟，在電梯準備關上的那一剎那，我跑了進去，留下不知所措的他們。最好笑的是我居然連鞋子都沒有穿。

進了電梯，門關上的那一刻，我才完全放鬆，倚在電梯牆面的鏡子上，重重地嘆了一口氣。

剛才氣沖沖大罵我髒話的鄰居此時正睜大眼睛看著我。看他的眼神，肯定覺得我是個莫名其妙的瘋婆子。我抬起頭，眼神和他對焦，並不在乎他怎麼看我，我何凱茜是出了名的何不怕。什麼都沒有的我，反正也沒什麼好怕的。

電梯門一打開，我率先走了出去。我踩著光腳丫，身上穿的還是上班時的套裝，儘管大廳的人都用著異樣的眼神看著我，我還是每一步都踏得輕快，能夠離開那裡，就是上天對我最大的恩賜。

警衛伯伯看到我，年邁的臉龐透露著驚訝，佯裝鎮靜地問：「何小姐，妳沒事吧？」

我撥了撥頭髮，露出微笑說：「我沒事，可以跟你借個電話嗎？」

警衛伯伯點點頭，把電話拿上來放在櫃檯，我很快撥打馬克的手機號碼，這傢伙最好今天不要再上演跟情人恩愛的戲碼，快點給我接電話。

很好，三秒後，電話被接起。

「喂，我馬克。」

「我是凱茜，馬上來接我，我在我家對面小豆豆等你，就這樣。」

「現在？」馬克驚訝地說。

我深深吸氣，然後提高音量，「難道是明年嗎？給你十分鐘！」

沒等馬克太多廢話，我先掛斷電話，向警衛先生道了聲謝，用最快的速度，跑到我家對面那間叫小豆豆的傳統冷飲店等待馬克來接我。

在小豆豆工作的阿強看到我也嚇了一跳，「凱茜姊，妳今天怎麼那麼狂野。」

我沒好氣地瞪了他一眼，「閉嘴。」

「哇靠，妳沒穿鞋子也很漂亮耶。」阿強應該是嫌自己命太長，不怕死地繼續說。

我隨即舉起手往他頭上K了一拳。要不是看在阿強媽媽是看著我長大的長輩，而我是看著他長大的長輩分上，他今天的下場可能會更淒慘。

「好痛！凱茜姊，妳下手也太重了吧！」他摸著頭大叫。

他的叫聲好刺耳，「吵死了！眞搞不懂，你這個樣子，你媽還說你一年換十二個女朋友，那些女生眼睛是瞎了嗎？」

阿強拉了一把椅子，坐到我面前，「開什麼玩笑，那是妳不懂我的魅力！」

我翻了個白眼，關於這件事一點都不想懂。突然間，覺得自己肚子好餓，櫃檯上的時鐘顯示晚上八點，原來自己從下午睡到這個時候了。

「妳怎麼沒穿鞋子啊？」阿強問著。

我搖了搖頭，「別問了，幫我煮碗鍋燒麵。」

阿強雖很想知道答案，但還是站起身走到櫃檯後幫我煮麵。

有些事情，是講也講不清楚的。我坐店裡，看著對面大樓，八樓的燈還亮著，那裡是屬於我的地方，卻有兩個不屬於我的人在那裡，真是一個天大的諷刺。

我吃著阿強煮的麵，眼神不時地往對面瞟，過了一會兒，我看見林君浩從一樓大門口走出來，開著那台我們一起挑選的休旅車離開。

八樓的燈還亮著，我想是母親還在那裡，真不愧是我母親，我這股剽悍固執的個性，還眞是遺傳她的基因到一個淋漓盡致的地步。

她跟我槓上了，我想。

吃完麵，又喝下了一杯專屬我的無糖薑汁檸檬紅茶，這時馬克才氣喘吁吁地跑到我面前來。

「呼……我、我已經很快了，呼……」他很怕我發火的樣子。

我扯動嘴角，對他說：「我又沒說什麼，錢包給我。」

馬克一臉莫名其妙，但還是從包包裡拿出他的名牌錢包遞給我，我拿著它付掉了我的晚餐費用。

「好了，走吧！」我說。

「去哪裡？」馬克又是一頭霧水。

「去你家。」

「去我家？」他大叫，我瞪著他，他只好降低音量，小小聲地在我耳邊說：「茜，我要去趕趴。」

「什麼趴？」我問。

「阿豪的姊姊開了間pub，我們要過去慶祝。」馬克說。

我看看他，笑著點了點頭。我這個跑趴天后有趴當然不能錯過。二話不說，馬上拉著馬克往新光三越前進，要跑趴，得先換掉我這一身皺巴巴又充滿酒臭味的衣服，重點是，還得爲我的光腳丫再穿上雙鞋。

當我又再次美美地坐上馬克的車子時，我已經穿上一套黑色小洋裝，腳踩著我最愛的高跟鞋。

馬克則是苦著一張臉，不發一語。

「那是什麼臉啊？」

「我有一種被洗劫一空的感覺。」他哀怨地說。

我笑了笑，把他的錢包遞還給他，「我對你算仁慈了喔！只挑打折的買，姊姊現在淪落街頭，接受你一點照顧是應該的吧！」

「妳怎麼把自己搞得這麼狼狽？」

馬克和小倫她們一樣，都是我非常要好的朋友，對於我的家庭和交友狀況他也很了解，於是我稍微講了個大概。

包括林君浩的可笑，和我母親的自以爲是。

只見他眼眶開始泛紅，咬著嘴唇說：「妳爲什麼不早說，剛剛應該讓妳多買一件衣服的。」

「你不要跟我來同情這套，我不接受。明天你得去我家幫我把東西拿出來。」

「什麼？妳不打算回家嗎？」他驚訝地問。

「她走了，我自然就會回去。」我說。

馬克一臉要哭要哭的，左手握著方向盤，右手緊緊握住我的手，「乖，很快就會沒事的。」

我笑了，心裡開始希望馬克的話能夠成眞，希望很快就會沒事了。

很快就沒事了。

到了pub，馬克帶我坐到位置上，阿豪看到我來了，馬上給了我一個大大的擁抱。這就是爲什麼我喜歡跟他們相處，因爲得到愛的方式既直接又坦白。

也許是刻意想忘掉今天發生的所有不愉快，每一杯酒我喝得又急又猛，惹得阿豪擔心地說：「凱茜姊，妳沒事吧！喝這麼快，對身體不好。」

馬克跳出來說：「不要管她，讓她喝，反正她今天會睡我家。」接著又幫我加了些酒。

我感激地對他笑笑，開始不要命地把酒灌進胃裡。

過了一會兒，馬克用手肘頂了頂我的手，「茜！妳看，那男的好正。」

「哪裡？」我眼前已經一片矇矓，轉頭找尋著。

「那個穿黑色襯衫的男生，啊，他轉過頭去了。」馬克惋惜地說。

馬克又露出一臉飢餓的表情，「他看起來好好吃喔！」

聽到他的語氣，我不禁失笑，「你不是非單身女子了嗎？」

「是啊，但幻想一下總可以吧！」

我又笑了，這是馬克的可愛。

然後，阿豪帶了一位男子回到座位上，一臉爲難地看著我說：「凱茜姊，這是我姊姊的朋友，阿東。」

我煩躁了起來，對我來說，出來喝喝酒只是舒解壓力，並不是要來認識朋友的，尤其對這種想要搭訕的人，我完全沒有好感。

但是，我還是揚起職業笑容，打了聲招呼後，不讓阿豪難做人，便以要上洗手間爲理由，離開座位，直接走到外頭去，呼吸一下新鮮的空氣。

吸入的冷空氣，頓時讓我的腦子清醒不少。

微風徐徐吹著的感覺很好，可是我的雙眼有點乾澀，下午哭了那麼久，戴著隱形眼鏡的眼睛在抗議，但我是個大近視，如果拿下隱形眼鏡就跟瞎子沒什麼兩樣了。

我眨了眨雙眼，用手輕輕揉，希望眼睛舒服一點。

沒想到，竟有人從後頭撞上我，害我整個人往前跌倒。趴在地上，我的手心和膝蓋傳來一陣刺痛。

「小姐，妳沒事吧！」一位男子走到我旁邊，扶著我坐了起來。

突然，我心臟一陣罷工，在這位男子身上，我聞到和林君浩一樣的香水味。

呆愣了一下之後，我鬆了一口氣，覺得慶幸，雖然是一樣的香味，聲音卻完全不一樣，我的情緒平靜了下來。

等到手和膝蓋的刺痛比較不那麼強烈後，我才出聲，生氣地罵著：「你不會走路嗎？我這麼大一個人走在前面，你沒看到嗎？」

「我在看手機，所以沒注意到。」他的語氣聽起來一點也不像覺得自己有錯。

我對他吼：「走路就走路，你看什麼手機啊？生意有沒有做那麼大？」氣到整個視線都模糊了。

「這跟做生意有什麼關係？」這個人如果不是少一根筋，就是天生白目。

我氣得揉了揉眼睛，想看清楚這個白目的傢伙，卻怎麼揉都看不清楚，心裡一陣驚慌，「不會吧，我的隱形眼鏡掉了。」

「嗯。」他平淡地回答著。

「嗯什麼啊？還不快點幫我找？」怎麼有這種人，撞到了人還這麼處之泰然的。

「那妳可以先站起來嗎？這樣坐在大馬路不是很好看。」

什麼！現在是計較我坐姿好不好看的時候嗎？

「不好看還不是你害的，如果你走路可以注意一下，我就不會被你撞到，也不會坐在地上起不來，還惹來一肚子氣。」我大吼。

雖然看不清楚，但我聽到他笑了一下，「妳肺活量倒是挺大的，講話很大聲。」

事實證明，這個人絕對是天、生、白、目。

我努力地耐住性子，先要他扶我站起身。我膝蓋完全麻痺，痛到要站直都很難，這一跤跌得真不輕。

「妳膝蓋流了不少血，還好嗎？」他問。

我咬牙切齒，「你說呢？」

「需要送妳去看醫生嗎？」他又問。

算他還有一點良心，「這麼晚了，哪來的醫生？」

「可以掛急診。」他說著每一句話的時候，身上還不時飄來和林君浩一樣的香味。

我忍不住皺了皺眉頭，「有需要掛到急診嗎？」

「不然這樣好了，妳在這裡等我一下，我去買藥幫妳擦。」他說完，轉頭就想離開。

我注意到他穿著黑色襯衫轉過身後的背影，才發現原來他是剛剛馬克在pub裡想要吃掉的食物。

我一把抓住他，「等一下，誰曉得你會不會騙我，拿買藥當藉口就跑了？」

他回過頭直接握緊我的手，拉著我走，「那妳跟我一起去。」

我被他的舉動嚇到，一直走到他的車旁邊，他幫我開了車門之後，我整個人才回神，而一直被他牽著的手，才趕緊抽回來。

我從不讓陌生人碰觸我的身體，學過十年跆拳道的我也揍過不少人，但今天卻沒有出手。

爲什麼？

是因爲他身上不停飄來和林君浩一樣的味道，讓我沒有心防嗎？我嘆了一口氣，那更應該打才對。

「上車。」他說。

他的臉在我眼裡模糊，我開始猶豫，這樣上陌生人的車好嗎？現在視力這麼差，對我的處境是不利的。

「開始害怕了嗎？」他問著。

我抬起下巴，開什麼玩笑，我何不怕從來沒怕過。不以爲然地回答：「有什麼好怕的！」

他笑了一下，聽在我耳裡淨是輕蔑。

賭氣的我，二話不說上了車，坐定位置繫上安全帶之後才開始覺得後悔，何凱茜人生最大的弱點就是激將法。

他啓動引擎時說了一句話，「妳眞是矛盾！」

「什麼意思？」我聽不太懂。

「長得很漂亮卻全身都是刺，感覺氣勢很囂張卻又好像很沒安全感。」他頭頭是道地分析著，搭著低沉溫醇的嗓音。

「我矛不矛盾跟你有什麼關係？你只要幫我把傷口處理好就可以了。」最討厭這種自以爲是的人，以爲一眼就可以把人看穿，血淋淋地剖析別人的內心。

他又笑了一下。

「到底有什麼好笑的。」聽了就刺耳。

「妳不擔心上了我的車會有危險？」他問著。

我輕嗤了一聲，「如果你想要斷手斷腳的話。」

他開始很不客氣地放肆大笑，「妳眞的很倔強！」而我懶得再搭理他，因爲那只會讓我更生氣。

過了一會兒，他停下車，走進二十四小時營業的藥妝店買了礦泉水和藥，把水遞給我，「喝點水，妳全身都是酒味，很臭。」

這個人，眞的很、討、厭。

接著，他無預警地突然抓起我的手，開始幫我的手心消毒。掌心傳來的刺痛讓我忍不住輕呼一聲。

「會痛嗎？」他問。

「你是廢話嗎？」誰消毒不會痛？

他當作沒有聽到我的回答，又往我傷口倒了一些雙氧水，那刺痛讓我忍不住馬上把手抽回來。

沒想到我用力過度，整個人往後仰，一頭直接撞上車窗。我痛得頭昏眼花，低下頭猛揉可憐的後腦杓。

他趕緊湊了過來，查看我的傷勢，「妳還好嗎？」

「不好、不好，一點都不好，我是跟你犯沖嗎？」我氣得抬頭，狠狠瞪著他，雖然說視力很模糊，但我想眼神的殺氣還是有的。

這一抬頭，他的臉只距離我不到十公分，這氛圍和姿勢都太曖昧，嚇得我殺趕緊轉頭。

他笑著，又抓起我的手，替我擦藥，「我從來沒看過女人這麼凶還會臉紅的。」

轟一聲，我原本有點發熱的臉龐燃起火焰，這下眞是糗大了。

反擊力急速降低！

人家常說壞事不過三，今天下午因為林君浩，我的心情已經洗了個三溫暖，晚上遇到拋棄我的母親，現在還碰上這個害我跌倒，講話又不時刺激我的超級大白目。

聽完他說的話，我很想反駁，可是卻什麼也說不出來。姊妹裡，平常就我罵人最溜，怎麼今天表達能力變得這麼差？

我哪裡是害羞臉紅，根本是氣得臉紅，血管都快爆炸了。

上帝，夠了吧！今天我已經夠倒楣了。如果大家說上帝是公平的這句話是成立的，那麼現在起，我應該要碰上三件好事。

可是，沒有！

當這位瞎了眼撞到我的先生送我回pub時，馬克已經不見了。聽阿豪的姊姊說，小倆口不知道爲什麼吵了一架，不歡而散。

我站在櫃檯前，發呆將近十分鐘，只想對上帝大吼：「祢可以再對我過分一點！身上完全沒有半毛錢，連手機也沒有，那我現在要去哪裡？我該去哪裡？找小倫？不行，她肯定會擔心死！找采雅？她去香港出差三天，明天早上才會回台灣。找青青？算了吧！她都自顧不暇了。

我對著櫃檯人員說：「電話借我打一下。」

撥了馬克的手機，卻是關機。

波濤洶湧的一天，連結尾都要這麼壯烈悲慘嗎？我無力地走出店外，眼前的視線依然朦朧，我眞的看不清這個世界了。

也許是從來就沒有看清過。

這樣的我，到底該憑藉什麼來好好地繼續生活呢？

坐在pub外人行道旁的長椅上，月光映在來來去去的車輛上頭，在我眼裡形成一道又一道美麗的光波，卻更凸顯城市半夜的孤單寂靜，我討厭這種衝突的對比，因爲我也正跟裡面歡樂喧嘩的快樂人們呈對比。

坐在長椅上，我忍不住嘆了一口氣。

「怎麼嘆那麼大一口氣？」一道聲音忽然響起。

我轉過頭去，雖然看不清楚，但從聲音和身型，我可以很清楚地認出是剛剛那個瞎了眼的傢伙。

「你怎麼又跑回來了？」我問。

他走到我旁邊坐下，「回來賠償妳的隱形眼鏡，免得又要被妳當小人，以爲處理好妳的傷口，就可以當作什麼事都沒發生過。」

連這樣都要挖苦我，等我眼鏡戴上看清楚他的模樣，一定要找人揍他。

「不用了。」忍不住白了他一眼。

「妳確定？」他質疑地問。

我脾氣又爆發，「你這個人很奇怪耶，不要你賠你愈想賠，你是有被虐狂啊！」

他看著我，思索了一下之後說：「妳想聽實話嗎？嗯，某種程度上有吧！」

「神經！」我的眼睛下意識地翻了個白眼，誰想知道他說的是實話還是謊話。

「OK！不用的話，那我就先走了。」他話說得俐落，起身的動作也非常瀟灑，轉身打算離開。

在他要踏出步伐時，我伸手拉住他，「等一下！」

「反悔了？」他得意洋洋。

我站了起來，面對著他，「你不用賠我隱形眼鏡的錢，但你家要借我住一晚。」

「我家？」他驚訝地說。

我點了點頭。

他看著我，皺著眉頭，「是一夜情還是我要付錢？」認眞的語氣完全激怒我。以爲我是特種行業的小姐嗎？我氣得對他大吼：「你眞的可以下流一點，我只是今天剛好遇到一些瘋子，無家可歸而已！」

而且沒想到眼前又是一個。

二十分鐘後，我並沒有在他家，而是身在市中心的某間高級飯店。

「你帶我來這裡幹麼？」我問。

「我在台中沒有家，目前這裡是我家。」他邊說邊往櫃檯走去。

我跟在他身後，非常質疑，「你不是台中人嗎？」看他開車，對台中的街道熟悉像在自己的地盤一樣。

「是哪裡人很重要嗎？總之是人就好了。」他倚在櫃檯很不屑地說著。

「哼！那我要自己一間。」我在心裡鬆了一口氣，這樣最好，去他家本來就是下下策，簡直是冒著生命危險的決定。現在能住高級飯店，我更求之不得。

他突然大笑，「開什麼玩笑，跟妳住一間？我要是想早一點耳聾的話，我一定會做這個打算。」

他一說完這句話，我想都沒想就出手狠狠揮出一掌。因爲我的眼睛看不清楚，所以也不知道打到他哪裡，只聽到他叫了一聲。

呼，爽快，心情好多了。

「哇靠，妳恩將仇報啊！」他的聲音聽起來是滿痛的。

「哼，我是跆拳道高手，早叫你不要惹我了。」

櫃檯小姐溫柔又親切的聲音在我們身旁響起，結束了我們兩個人之間的戰爭，「關先生，您房間的鑰匙和新房間鑰匙已經準備好了。」

我對櫃檯小姐笑笑，說了聲謝謝，拿起鑰匙就往電梯口走。

以我今天這麼疲累的狀況來看，我想今天可以不用擔心失眠的問題了。

和他一起到了房間樓層後，我連跟他說一句話都不想，開始找尋房間的號碼。找到後，拿著房卡就往卡槽插，門卻一點反應也沒有，氣得我用力捶了一下。

他趕緊衝過來，抓住我的手，「妳幹麼？」

「很爛耶，房卡壞了。」老天跟我作對。

「哪裡壞了，妳近視到底幾度，怎麼跟瞎子一樣？」

「左眼一千度，右眼九百五十度，散光一百五十度。」

他吐了一口氣，「妳手上是一八〇八房卡，」接著舉起手指著房門上面的數字，「這裡是一八〇三。」

我整個人湊到離門不到五公分，很仔細地看了一遍，嗯，是一八〇三沒錯，我眞的瞎了。

趕緊抽起房卡，轉身想找一八〇八。他一把又拉住我，「一八〇八是我的房間。」我眞的開始不耐煩，「你不會早一點說喔！」

「妳整個人突然爆衝，是要我怎麼說？眞沒見過脾氣這麼不好的女人。」損完我後，他馬上把我拉到要讓我住的房間，打開門後把我推進去。

關上門之前，這傢伙很不想活地又說了一句話，「我眞希望這輩子不要再有機會跟妳碰面。」

我還來不及出手，他就砰一聲關門跑了。

「哼！會怕就好，老娘我也不想再跟你見面。」我忍不住對著門碎碎唸。今天眞是充滿戲劇性的一天，可以寫成一本小說叫「何不怕的奇幻旅程」了。

舒舒服服地洗了個澡之後，原本覺得很疲倦的我，睡意卻頓時消失得無影無蹤。不知道爲什麼想起了林君浩，心裡又一陣一陣開始泛疼。

我拿起電話打到櫃檯，「請給我一瓶威士忌，跟一八〇八的先生結帳。」

也許用酒精麻痺不是好方法，但只要暫時可以救贖靈魂，那又有什麼關係。面對一個愛了這麼久的人，我不知道該怎麼去處理和他的關係，以及自己的情緒。這讓我心裡充滿了極度的不安全感。

我要怎麼跳出我在林君浩世界裡的角色？我眞的不知所措。

拿了電話，下意識地撥給了小倫。

有時候並不是美麗的話語才會令人感動，使人眼角流下鹹味的，也許只是一道熟悉又安心的聲波，一聽到她的聲音，我又忍不住哭了。

和她聊著聊著，我放鬆地睡著了。

這是我近日來睡得最好的一次，因爲我當起床時，床頭櫃旁的時鐘顯示時間是下午三點三十六分。

我看著時鐘，忍不住微笑，幾乎快要忘了這種睡得又香又沉的感覺，伸了個懶腰，從軟綿綿的床鋪下來，昨天跌倒的傷口還是在隱隱作痛，尤其是在膝蓋的地方，走一步就讓我想狠狠地罵一次髒話。

而我的視線依然模模糊糊，只能非常小心地在不習慣的環境裡梳洗一下。

從浴室出來後，換上唯一的一套衣服，我思索著該不該去跟他道謝。雖然他這個人不是很有禮貌、講話也不是很客氣，但至少他還是很好心地收留我一晚，也花了不少錢。

算是沒良心的人當中僅剩有些許道德良知的。

我開了門，走到一八〇八號房前，這次非常仔細地確認房號後，才按下門鈴。門鈴聲響著，卻沒有人應門。應該不可能還在睡吧！我不死心地又多按了幾次。

「不好意思，關先生已經出門囉！」旁邊突然傳來服務生的聲音。

我尷尬地停下狂按門鈴的手，對他尷尬地笑了笑，「喔！」，只能算是他沒有耳福，我這三十年來少數的道謝聲，他是沒有榮幸聽到了。

打算轉身離開時，服務生從身後叫住了我，「不好意思，請問妳是住在隔壁的小姐嗎？」

我點了點頭。

「關先生出門前交代我們有東西要給您，待會送到您房間。」服務生非常親切。

回到房間後，不到兩分鐘，房門鈴就響了。

我打開門，服務生遞了個袋子到我面前，「小姐，這是關先生請我們轉交給您的。」

向服務生道謝，接過袋子打開一看，裡面居然有兩盒拋棄式隱形眼鏡、一瓶蠻牛和一張紙條。

我拿出紙條一看，上面寫著：

「我不知道拋棄式隱形眼鏡加上散光居然這麼難買，妳連近視都要這樣整人？附上一瓶蠻牛，如果妳眞的喝完昨天半夜跟櫃檯點的那瓶威士忌，我想妳可能需要解酒。」

我看著紙條，不停地笑。

眞是沒想到他居然還幫我買了隱形眼鏡，而且是誰告訴他蠻牛可以解酒的？其實眞正可以解宿醉的，是老字號國安感冒糖漿，這是小倫媽媽教我們的。

記得二十歲那一年，在小倫家，我們一起慶祝即將滿二十歲，買了好多酒。第一次喝酒的下場，就是隔天起來大家的頭都痛得快要爆炸了，還好是小倫媽媽拿了國安感冒糖漿給我們喝，不到半個小時，我們又全部都生龍活虎的。也因爲找到了不怕宿醉的方法，我們這群好友大家都喝不怕。

戴上了隱形眼鏡，心情非常好。失去視力這麼久，現在可以看清楚這個世界的感覺眞好。

稍做整理之後，我寫了張紙條，也請服務生幫我轉交，便離開飯店，招了台計程車，直接到公司。

馬克幫我付了車錢後，我走在前面，他走在我後頭，一句話斷斷續續地講得不清不楚。

我氣得回頭，「你到底要跟我講什麼？」

「我……」他一臉驚嚇地說不出來。

「快說。」我說。

「我一直找不到妳，擔心妳會出事，所以我打電話給小倫……」馬克畏縮地說。

我大吼，「你幹麼打給小倫？」我昨天在電話裡哭了這麼久，又讓她知道我失蹤的話，她可能會嚇死。

「小倫今天一直在開會，所以沒有接。」馬克趕緊解釋。

我鬆一口氣，「那還好。」

「後來我打給采雅……」他繼續說。

「什麼！」我又再一次大吼，眞的會被馬克氣死。

他低下頭，一臉很怕我揍他的樣子，怯怯地說：「而且采雅直接從機場趕來了，在辦公室等妳。」

事情已成定局，我還能說什麼？采雅一定急死了。加快腳步走進辦公室，在進辦公室前的那一刻，我回過頭對馬克說：「蘇俊男，你死定了。」

「啊——茜，不要這樣啦！我眞的太擔心……」

我一點都不想聽他解釋，我最最不願意的，就是讓這群姊妹擔心。一進辦公室，我隨即揚起何凱茜的專屬笑容。

「嗨，采雅，妳怎麼來了，不是剛回台灣嗎？香港好玩嗎？」我趕緊轉移話題，因爲我已經看到采雅眉頭皺了一下。

采雅是標準氣質美女，她從不大聲笑、不大聲說話，臉上總是帶著溫柔淺淺的笑容，連生氣也不大聲叫罵，只是會像現在這樣皺著眉頭。

她淡淡地說：「妳去哪裡了？」

「我……」要怎麼解釋昨天發生的事？要從哪裡開始解釋？從我在婦產科看到林君浩開始？還是從號稱是我母親的那個人搶了我的地盤那段開始？

采雅輕輕地嘆氣，走到我身旁，拉起我的手，對我說：「妳還好嗎？」

她問了這句話之後，我知道馬克已經把所有的事都告訴她了。我發自內心微笑地點了點頭。

昨天晚上，我終於做了決定，既然悲傷是自己找的，那麼就由我自己來結束。

采雅什麼也沒說，只是上前抱緊了我。我也抱著她，享受女人間友誼默契的證明，什麼都不需要言語，這世界上最懂我的人，就是她們。

「晚上是不是應該要來狂歡一下，慶祝我單身？」我笑著說。

采雅也微笑著，「妳一直都是單身啊！」

馬克看到我笑了，趕緊跑來我旁邊，遞上我的手機跟包包，討好地說：「茜，不可以生我的氣囉，我有去妳家幫妳拿東西來。」

本來想再好好整他，但想到他幫了我最大的忙，讓我可以不用回去面對我的母親，氣也消了。

接過手機跟包包，我笑著說：「算你識相。」

「對了，妳媽要我請妳回家一趟。」馬克接著說。

聽到媽這個字，我狠狠瞪了他一下，他趕緊改口，「呃，是妳母親。」

「媽」這個字是在她還沒外遇離開我們之前的稱謂，現在她很純粹只是「我的母親」，一個關係上的稱謂。

「我不會回去。」我十分堅決。

「呃，她說如果妳不回去，她會到公司來找妳。」馬克膽怯地接話，因爲他知道我聽見一定大發飆。

我忍不住大吼，「Shit!」

采雅走到我旁邊來，摟著我的肩膀說：「沒關係啦，妳一定可以應付的。」

我搖了搖頭，討厭這種被控制的感覺。

馬克又接著說：「還有、還有……」

我想馬克大概快被我眼神殺死了，因爲他已經嚇到冒冷汗了。

「茜，妳不要瞪我嘛！妳失蹤那麼久，林先生快要打爆公司的電話了。」馬克求饒。

不知道爲什麼，今天再聽到林先生這個名字，覺得有點陌生，像是那久久才被提一次的名字一般，我深深地嘆一口氣，面對自己的決定，「以後他再打來，就跟他說我不會再接他電話了。」

采雅笑著摸了摸我的頭，而馬克不敢置信地看著我，開口說：「妳說眞的還假的？」

「眞的。以後別讓我接到他的電話，我待會兒也會去換掉手機，這陣子我會先在外面租房子，等……我、我媽，等她回美國再搬回去，公司的話，除非有重要的事我才來。」我把我的打算告訴他們。

剛回公司的路上，我已經想好會發生的一切狀況，面對這一切，我該怎麼應付？慢慢盤算，也慢慢得到答案。

采雅的笑意愈來愈深，擁著我說：「眞不愧是我的何凱茜。」

我笑了笑，很滿意自己做了這個決定。

馬克在旁邊，一臉驚恐，「這是眞的嗎？還是我在做夢？」

我沒空理他，因爲接下來的何凱茜，要忙著做回自己。

悲傷一定會有終點，它會結束在你再也不想痛的時候。

采雅一通電話就解決掉我近日的住宿問題。我開心地衝向前去，給了她一個大大的擁抱，眞不愧是高級精品的業務經理，比起我這個賣高級傢俱的行情好得多了。

「陳太太說，那間房子他們家買了幾乎沒住過，也沒想過要租，所以借妳住一陣子沒問題，不用收房租，待會可以直接過去跟她拿鑰匙。」采雅拉著我興奮地說著。

「怎麼可以？一定要收的，不然我會不好意思。」我趕緊拒絕，我一向都是寧可人欠我，不可我欠人，怎麼好意思住那麼好的房子還不付租金！

采雅笑了笑：「陳太太不會收的，那些錢她不看在眼裡。」

「是喔。」眞是無奈，我知道有錢人的怪癖，大部分都是不把錢當錢看。

「哇，高級住宅區耶，改天借我開趴。」馬克一聽到是好房子就馬上過來湊熱鬧，完全忘了他闖的禍。我都還沒跟他算帳。

我忍不住伸出我的雙手往他又白又嫩的俏臉捏去，「還敢跟我說要開趴，今天的事我都還沒揍你。」

「痛、痛啦！」馬克死命想要掙脫，可是我功夫這麼深，他是個女孩，根本沒有力氣脫逃。

不小心把他的臉拉太開，他嘴巴闔不起來，整坨口水居然就流到我的手上，嚇得我馬上放開他，「你好噁心喔！」

馬克擦著嘴，漲紅著雙頰抱怨：「誰叫妳要捏那麼用力。」

突然覺得，上帝開了馬克好大一個玩笑，明明就這麼可愛，這麼有女人味，愛的是男人，自己偏偏也是個男人，眞是太可惜了。

采雅在一旁笑著，遞了張衛生紙給馬克，「好了，別玩了，凱茜，我們先去找陳太太拿鑰匙，我再陪妳回家拿東西。」

我點了點頭，拿了包包，和采雅一起離開公司。

向陳太太拿完鑰匙後，采雅先送我回家門口。她看著我說：「眞的不用我陪妳上去？」

我笑一笑對她搖了搖頭，「不用了，我自己上去，妳從香港回來都還沒回家，妳先回去休息整理一下，晚一點我去接妳，再一起去接青青和小倫。」

采雅一臉擔心，「我沒關係，只是妳確定妳要自己上去？」

我當然明白她在擔心什麼，我的母親總是不像個母親，給我的不是愛，而是源源不絕的痛苦，是她們一直待在我身邊陪著我，努力撫平我的傷口，我才有辦法撐到現在。

每個人都有自己最不能承受的弱點，可是當我決定離開林君浩時，我突然發現，自己其實已經勇敢到可以面對很多事情。

「采雅，妳放心，待會去接妳的，一定是個超美麗火辣的何凱茜。」我握著采雅的手，信誓旦旦地說著。

她勉爲其難地點了點頭，「有什麼事馬上打給我。」

我給了她一個微笑後，就下車了。

當電梯門在我居住的樓層打開時，我心跳開始莫名其妙地加速。我努力假裝鎮定，在鑰匙打開門的那一個聲響時。

喀啦！

我揚起笑容，就像是第一次去拜訪客戶那樣，不管再怎麼緊張，我就是要把戲演到最好。

而眼裡看見我的母親，正慵懶地坐在我專屬的紅色單人沙發上，喝著咖啡、聽著音樂、看著雜誌，嘴裡還說：「妳回來啦！」

我沒有回答，走到衣櫃旁，拿出行李箱，開始收拾我的東西。

她的姿勢沒有變過，只是回頭望了我一下，又繼續喝咖啡翻雜誌，一派輕鬆地問著我，「要出國啊？」

我依然當做沒有聽到。

她放下手上的咖啡，拿走她腿上的雜誌，走過來我旁邊，坐上我的床，一臉挑釁地問：「這就是妳的方式？不戰而逃？」

我停下手，冷笑了一下，看著她，「我需要爲什麼而戰？」

「爲什麼不把他搶過來？」母親繼續說。

「誰？」

「昨天見過面的先生。妳走之後，我們聊了一下。」她一臉好像明白所有事情的樣子，讓我很不能接受。

我眞的非常不喜歡她永遠都這麼有自信的態度，像是她自己一個人就可以決定全世界一樣。

眞的夠了，因爲她而承受的這些痛苦眞的可以結束了。

我難以忍受這種感覺，開始加快我收東西的速度，「不知道他有沒有跟妳聊到他已經結婚了。」

「這當然，但那又怎麼樣？」她無所謂地說著。

我生氣地甩掉手上的衣服，沒有想過她竟然講出這種話，忍不住對著她喊：「什麼叫做那又怎麼樣？妳自己破壞自己的家庭、別人的家庭，現在還希望我要跟妳一樣嗎？妳有沒有道德良知啊！」

「他結婚後還繼續跟他糾纏不清的妳，就有道德良知嗎？」我的母親帶著微笑，像是在閒聊一般回答我。

我像重重挨了一記悶棍，痛，卻喊不出來。

艱澀地潤了潤喉嚨，努力讓自己發出聲音，「這種事情我不會再讓它發生，因爲我不想，也不會讓自己變得跟妳一樣。」

「我是很有勇氣面對自己的感覺。」我母親理直氣壯地反駁著我。

看著她一臉不覺得自己有錯的樣子，我好想大笑。

突然感到很安慰，因爲我再怎麼荒唐，都不可能變得跟她一樣自私，「對，所以妳從不管別人的感覺，別人也要很有勇氣地承受妳所做的決定，眞是夠了！」

「我追求自己的愛情，哪裡錯了？」她繼續說。

「好，妳沒錯，錯的是我、錯的是那個不能接受事實而出家的爸爸，妳都沒有錯，這樣可以嗎？」我眞是瘋了，才在這裡跟她講這些。

把我的筆記型電腦丟到行李箱後，我要用最快的速度離開這裡，因爲講再多都沒有用，那已經是根深蒂固，永遠沒有辦法改變的自私。

在我離去前，她叫住我，「小茜，我不在乎妳怎麼看我，但我眞的希望妳可以得到自己想要的幸福。」

這句話，是我聽過最大的笑話。

我的痛苦，就是他們這些人爲了得到快樂所留下的產物。我的母親在她外遇給了我人生這麼大的變化之後，對我說她希望我幸福。林君浩對我說他愛我，要我留在他身邊，卻和別人結婚了。

爲什麼我的人生要被這些人搞成這樣？頓時，比起恨他們，我更討厭自己爲什麼會讓自己困在這樣的世界裡動彈不得。

我做錯了，而且錯得非常徹底。

我深呼吸後回過頭，淡淡地說：「既然如此，那妳就過好妳自己的生活，不需要再回來台灣看我。妳選擇拋棄我的時候，妳也失去過問我幸福的權利，房子先讓妳住，等妳回美國後，我再搬回來。

「另外請妳走的時候，把鑰匙交給警衛室的管理員。」我將房子的鑰匙留在茶几上，轉身離開，告訴自己，從今以後再也不要讓這些事情影響我。

拉著行李箱，我踩著疲倦的腳步離開。也許，我會覺得虛脫，是因爲我一直用錯方式生活。

這一錯，就錯了這麼久。

當自己開始改變時，會從哪裡發現？

答案是，當同一件事情發生兩次以上，你選擇如何面對的態度就能發現。

昨天我才光著腳丫，滿身狼狽地從自己的屋子裡逃出來，想想都覺得丟臉又可笑。但這一次，說什麼也要扳回一點顏色。我拉著上次在英國買的紅色行李箱，充滿自信地抬起頭，用著驕傲又優雅的姿態離開，還能輕鬆從容地和警衛先生打招呼。

警衛先生微笑瞇著眼問我：「何小姐，要出國啊！」

我也微笑點了點頭，「是啊！」

回到車上，從後照鏡裡看著自己，原本以爲經過剛剛那一段對話，情緒會到達邊緣，然後崩潰瓦解。沒想到，心情卻出奇地平靜。我非常開心滿意地對自己點了點頭，這樣才是何凱茜。

我想，面對這些狗屁倒灶的事情，我會愈來愈得心應手。

看著采雅給我的新家住址，距離原本住的房子並不是太遠，十五分鐘後，我已經下了車，站在即將入住的房子面前。

大方又極具現代感的建築設計，以白、灰、黑三種不同色調來打造整個社區，冷調的顏色卻出奇地令人感受淡淡禪意的溫暖，在一整排透天別墅的正對面，就有一個綠意盎然的公園，聞到伴著青草香的空氣，整個人的心情都舒緩了起來，才發現自己已經好久沒有出去走走，也許眞的該給自己放個大假，盡情地玩一玩才對。

進到屋子裡，我把所有帶來的東西都安置好，接著打開手機電源，林君浩傳來的簡訊馬上叮叮噹噹響個不停，我已經連刪都懶得刪，快速地傳了個簡訊給小倫，讓她知道我待會兒過去接她，之後我馬上關機，把手機直接扔進垃圾筒。

這種東西不能久留，因爲這是林君浩送的超諷刺情侶機。

拿著浴巾，準備進浴室好好放鬆一下。采雅也有一句至理名言，她說：「浴室是能讓女人美麗的第二生命，而擁有自己的更衣室，更是女人生活品質的第一目標。」所以她的更衣室比睡覺的地方還大，眞不曉得房子到底是要住人還是住衣服。

洗了個舒服的澡，我比平常更用心地裝扮自己，這是我答應采雅的，去接她的一定會是一個超火辣、超美麗的何凱茜。

紅色平肩針織背心、白色合身長褲，再加上前一陣子花了很大一把銀子買下的鑲碎亮片銀色高跟鞋。看著鏡子，我用手順了順自己的短髮，我想，這樣的打扮應該可以讓采雅非常安心才對。

當我從門口走出來，準備到停車場開車時，停在我車子旁邊的一輛高級休旅車走下來一個男人。我並不打算打招呼，住在這裡的時間頂多兩個月，一些不需要認識的閒雜人等，可以避免就盡量避免，儘管我有一度覺得他的模樣很熟悉。

我低著頭快步走到車子旁，我坐上車發動車子準備離去時，不經意看到他居然還站在原地，表情很複雜地一直看著我，眞是莫名其妙。

沒看過女人嗎？不然幹麼一直盯著我看？

看他長得算是一表人才，穿著品味也不俗，應該不至於沒女人緣才對，還是眼睛脫窗了？

我踩下油門，用最快的速度離開，用我慈悲的心拯救他的眼睛。

接了采雅，看著她一貫氣質優雅的神情與舉動，以及身上總是充滿著溫柔的女人味，心想，如果我是男人，肯定都要被她融化了。

可采雅的愛情路，跟我們其他姊妹都一樣，一樣不順。

采雅不喜歡姊弟戀，卻總是遇見年紀比她小的男人，這些小朋友不是愛慕藏在心裡，就是愛了又容易退縮，搞得采雅上次還突然去聯誼。想也知道，下場當然不是很好，惹了一些奇奇怪怪男人的窮追猛打，嚇得她再也不敢了。

唉，也許我們都該認清一件事：即使我們拚了命地想要，有些東西依舊是距離你三步之外。也許你曾經以為往前走伸出手就可以擁有，可是到最後抱在懷裡的，只有那飄渺的空氣，除此之外，什麼也沒有。

什麼都沒有，應該是我和林君浩之間最後的解釋。

「怎麼在發呆？」采雅擔心地看著我。

我突然回神，笑笑地說：「沒有啦，只是在想妳怎麼永遠都這麼有氣質啊！」

她噗一聲笑了出來，「氣質是錢裝扮出來的，如果沒有身上這些漂亮的衣服、手錶、鞋子，我怎麼可能會有氣質。」

采雅最大的魅力，應該是在她溫柔婉約的外表下住著一個坦率又思想怪異的女孩，有時候她的突然爆發，可是會讓我們全部的人都驚訝得措手不及。

剛剛接了姊妹們之後，我們到老地方聚餐時，遇見一些自以為是的男人搭訕，我當場不客氣直接爆發。練了這麼久跆拳道，對付那些有色無膽的人，我一根手指頭都可以把他們捏死。

好吧！揑死是誇張了。

我的實力是眞的很堅強，小倫怕我出手，趕緊結帳要離開，我的功夫因此沒有機會展現，倒是采雅用了她新買的名牌鎖頭包，很不小心（但事實上是故意）把那位先生名牌賓士車上的人形標誌給打了下來。

看到那銀色標誌在車頭晃啊晃的，心裡就非常痛快。

我走到采雅身旁，看著那有了些許刮痕的鎖頭，心裡有點不捨，「可憐的包包，應該不會壞掉吧！」

她大小姐給我的回答卻是，「壞掉就算啦，因爲很値得。」

爲了彌補剛剛聚餐時的不開心，於是我們又決定到朋友的pub裡，打算好好地暢飲一番。途中，青青和采雅下了車到便利商店買東西。

她們兩個一下車，小倫馬上問我，「妳還好嗎？」

我點了點頭，很好，眞的非常好。

「妳昨天晚上打來哭，快把我嚇死了。」她說。

我嘆了一口氣，「可是妳還活著。」接著，我就被瞪了。

「昨天晚上那電話是哪裡的？」她問。

我用最快的速度，把全部的事情都說明一次，而小倫最好奇的，不是林君浩、不是我的母親，是那個撞了我還收留我一個晚上的男人。

「妳跟他眞的分開房間睡嗎？」她質疑地說。

她的問題讓我有點火大，忍不住對她吼：「我看起來是很隨便的人嗎？」

「對，妳自己不隨便，那幹麼老是要我很隨便？」小倫開始抱怨。

「那是妳太久沒男人，陰陽失調，我幫妳耶！」

她很不以爲然地翻了個白眼，「不用了，感謝妳。」接著又恐嚇我，「我媽不是準備了一間妳們的房間嗎？妳隨時都可以來住，爲什麼要自己一個人在外面遊蕩？還好這個男人算是有良心，沒有把妳先姦後殺，妳以爲妳每次都可以這麼好運嗎？」我才想要解釋些什麼，小倫又馬上開口，「我們不是家人嗎？」

一句話，讓我心裡又充滿了好濃好濃的感動。也許我的父母親都爲了自己拋棄我，可是上帝並沒有遺棄我，在我身旁還有這些像姊妹的家人。

我拉著小倫的手，眼淚在眼眶裡轉啊轉的。小倫笑著摸了摸我的臉，我這頭驕傲的獅子，在面對這些愛我的人時，成了可憐的小綿羊。

在眼淚流出來之前，青青和釆雅回到車上，我平復心情，也釋放了自己，要做一個不再讓她們擔心的何凱茜。

也許是太開心了，連埋在深處的靈魂也在此刻自由了起來，我忘了自己有多久沒有用愉快的心情喝酒了。

我開心地舉起手說：「我要宣布一件事。」

她們都用期待的眼神看我。

我笑著說：「從現在起，如果我再和林先生聯絡，我就不得好死。」

她們都懂，我向來驕傲，做不到的事情是不會開口的，小倫給了我一個超級無敵的陽光笑容，我知道她們都在等著，等著我快樂。

關於快樂這件事，從現在開始，我想我會努力地讓它成爲動詞。

按照現況看來，今天要喝得爛醉如泥的人應該是我才對。

但是，我卻得照顧一個今天不知道發了什麼瘋，把酒當水喝的顧采雅。這些弟弟們，眞的有能耐把采雅搞成這副德性？

認識她十幾年，還是第一次看她這麼失控。

她現在在我的車上，大唱台灣創作天王周先生的成名曲〈可愛女人〉，在采雅的字典裡，是沒有「音準」兩個字的，上帝創造萬物之公平，在這時候完全表露無遺。她口中哼著曲子，沒有一個音是對的。

聽得我火都快要上來了。

而且，這位大小姐還非常仁慈地把車窗打開，和路人一起分享她的五音不全，經過的車，沒有一台不是打開車窗大笑的。我擔心的是，會有熱心的民眾拍下來拿去檢舉。

「采雅，妳可以不要再唱了嗎？」我眞的忍不住了。

「不好聽嗎？」采雅露出無辜的表情看著我，漂亮的頭髮被風吹得散亂，卻有另一種慵懶的美麗。

可惜我還有理智，沒被她的美色俘虜，「不是不好聽，是不能聽！」雖然說出實話會傷她的心，那也沒有辦法。

她看著我，嘆氣，「好吧，那不唱了。」然後，坐起身，像個正常一點的顧采雅。

「妳還好吧！」我說。

「我很好，這點酒就要讓我醉不太可能。不要忘記，我是妳們調教出來的喔！」連喝茫了都還能給我們這些姊妹一刀。

「今天怎麼喝這麼多？心情不好嗎？」我問。

采雅笑了笑，「有好也有不好。」

「怎麼說？」

「雖然弟弟們讓我對男人失去了一點信心，不過，我最近遇到一個不錯的對象喔！」她露出甜甜的微笑。

我聽著，覺得非常有意思，這個在愛情面前，全身上下都超級矜持的女人顧采雅，我從來沒聽她說過對哪個男人有興趣，通常聽到的都是某個人正在追求她。

這種主動說出來的好感，可眞是唯一一次。

「眞的假的？」我很懷疑地問著。

「眞的啊，因爲我們公司想代理他們公司的精品，他剛好是台灣區的業務經理，上次去台北跟他開會，人眞的非常棒喔！重點是，他大我四歲！」

噗，我忍不住笑了出來，原來年齡才是她的重點。

我接著說：「可是，這麼好的話，怎麼可能還是單身？像這種年紀的好男人，不是gay就是死會了。」

「他不是gay！」采雅非常肯定地說。

「那就是死會了！」我說。

采雅的嘴角頓時往下掉，我趕緊改口，「也有可能他眞的是例外，這個世界上的事很難說的。」

她認同地點了點頭，嘴角瞬間恢復原來的角度。

我當然希望姊妹們都能得到眞心的疼愛，至於我，現在最大的願望則是擁有平靜簡單的生活。

不過，這最大的願望，我想對我來說是一大奢望。采雅嘴裡說了沒事，可是才一扶她進家門，這位大小姐就當場在客廳裡給我狠狠吐了兩回，吐完爽快了，居然自顧自地走回房間睡覺。看著她進房門的背影，我平靜不下來，很想哭。

我硬著頭皮，花了半個小時幫她清理好客廳才離開。這中間，有幾度我胃裡的酸味也是直衝而上，但除了強忍也沒有別的辦法。

沒想到，處理好采雅的客廳後，卻忘了處理自己腳上那雙踩過嘔吐物的鞋子，搞得現在車子裡不時飄散一股濃濃的惡臭味。

第一次開車開到有暈車的感覺。

回到住處已經是半夜兩點半，我趕緊把車停好，一心想要快點遠離這惡臭的味道，沒想到一腳踩下來，我的高跟鞋跟又不偏不倚卡進水溝蓋間的空隙，也因爲踩下來的力道過強，高跟鞋側邊那些美麗的碎鑽就這樣跌進水溝好幾顆，我的心好疼啊！

彎下腰看著受損的新鞋，我眞的忍不住大罵出髒話：「Shit!」

「能夠四處罵髒話，妳眞不簡單啊！」一道男人的聲音在我背後響起。我嚇了一跳，趕緊轉過身去，深夜的凌晨兩點，我應該不是遇到阿飄吧！

一個身材高眺的男人筆挺地站在我眼前，全身穿著白色運動服，頭上戴了頂白色運動帽，手裡還提著兩袋便利商店採購來的物品，似笑非笑地看著我，我只覺得這個人身上散發出輕挑的態度。

而且那笑容很礙眼。

然後我突然想起來，這男人，就是傍晚我要去接采雅時一直盯著我看的陌生男子，我當這麼久業務，眼力當然訓練得很不錯，見過一次面的人，我很快就能記住。

結論是，又是一個吃飽太閒想要搭訕的傢伙。

我懶得理他，無視他的存在，舉步往前走。才剛走過他身旁，他就在我背後冷冷地說了一句，「這是讓我見識所謂的過河拆橋嗎？」

什麼？過河拆橋？我何凱茜就是禁不起激，猛然回頭，表情不悅，態度更不好地說：「先生，你貴姓？我不記得認識你這座橋！」

他走到我面前，帽沿往上拉了拉，露出他有個性的臉龐，右臉有一個約五公分長的疤，淡淡的，得站很近才有辦法看到的疤痕，但這對他並沒有任何影響，反而把他的五官凸顯得更有魅力，不過這並不是重點，最重要的是我眞的不記得自己認識這座橋。

「你哪位啊？」以爲拉高帽子露出臉，我就會認識嗎？

他笑了笑，眼睛彎成了弧線，「像我這麼帥的臉，看過應該很難忘。」

原本覺得看到這樣的笑容還算是一種福利，可是他講了這句話之後馬上破碎，我的耳朵痛死了，這麼不要臉的話眞的有人敢說耶！

「像你講話這麼不實在的，我應該不認識。」說完這句話，我轉身離開，跟這種無聊的人再繼續抬槓下去，那就是我太無聊了。

「昨天才巴著要我收留妳一夜，現在馬上翻臉不認人啦！」

他的聲音又在我背後響起。所有的記憶馬上襲捲而來，他就是我昨天晚上在pub外遇見的那個男人，那位撞到我，收留我住飯店還買蠻牛給我的關先生。

我回過頭，很不開心，「那你早說啊！昨天我隱形眼鏡掉了，根本就看不清楚你的樣子。」

「喔，我以爲妳是故意裝不認識的。」他刻薄地說，臉上的表情令人很想發脾氣。

我三步併兩步地衝到他面前，對他吼，「我是那種人嗎？」拿出錢包，抓了幾張鈔票遞給他，「昨天飯店的住房費還你，我才不要欠你人情。」

他推開我的手，瀟灑地把手上的提袋甩到背後，接著往前走，把我留在原地，用非常欠揍的語氣說：「可是，我喜歡人家欠我人情。」

什麼？

聽到他這句話我更火大。跟在他身後，「你這個人怎麼這樣子？還你啦！」我硬是要把錢塞給他，他東躲西躲就是不收。

走到一間房子前面，他開了門，馬上躲進去，關門前還對我做了個鬼臉。眞是個幼稚的痞子，快把我給氣炸了。

地球怎麼那麼小？淨是遇到一些我不想遇見的人。

等到我對上帝抱怨完，回過神才發現，這個幼稚的痞子剛走進去的房子居然就在我住的地方隔壁！

他住在隔壁？

但我記得他昨天說過他在台中沒有家啊，而且怎麼這麼剛好，我才剛住進來，他馬上就出現。難道……他跟蹤我？

我搖了搖頭，甩掉那些無窮無盡的荒謬想法。

我是何凱茜，又不是林志玲。

床頭櫃上的時鐘顯示凌晨三點半。

第一次這麼徹底離開父親留給我的房子。

躺在全新的高級床墊上，感受著陌生的環境、呼吸著不熟悉的氣味。我突然懷念起小時候，父親牽著我的手時，那手裡面暖暖的溫度。這份想念讓我的淚腺漸漸不安分，我開始憎恨自己那不爭氣的想念。

是想家了嗎？

不是。

我努力告訴自己不能想家，不能回去那間我不負責任的母親還在的家。為了沖淡這股莫名的思緒，我到浴室沖了第二次澡，好穩定自己的情緒，再回到床上繼續和失眠對抗。

在我要入眠之際，頭頂上卻傳來一陣敲打聲，像是用鐵槌在釘釘子愈敲愈大聲，然後我的火氣就愈來愈大，隔壁是哪個沒良心的傢伙，半夜四點多還在搞裝潢？

頓時才想起，啊，是那個幼稚的痞子關先生。

這種毫不考慮別人感受的行為，大概也只有他才做得出來。

不知道是不是故意跟我作對，搞了快半個小時還在敲敲打打。我氣得穿上外套，然後跑到隔壁門口。

我瘋狂地按完門鈴後，馬上躲到旁邊種植的盆栽旁，要幼稚誰不會？這種小把戲是我的最愛。既然不讓我睡，那大家都不要睡好了！

接著就看到痞子關從大門出來，左顧右盼的那種傻樣，讓我的心情好了不少。發現門外沒有人，他抓了抓頭便又走回去。我躲在盆栽後，眞想放聲大笑，這種好玩的遊戲怎麼可能只玩一次？

但我會馬上再按一次門鈴嗎？不，我要等到他走進去，上了樓之後再按。要多走一點路，這樣他才會累到沒辦法再敲敲打打。

三分鐘後，我又按了第二次。這次他出來發現沒有人，依然還是村裡傻瓜哥哥的表情，犯傻的樣子，惹得我開心極了。

第三次再按，他出來的表情已經不是傻樣，是怒氣上升、黑社會討債想殺人的樣子了。我依稀還聽到他罵了句髒話，我用力摀住自己的嘴，差一點爆笑出聲。忍笑眞的好痛苦，有種快得內傷的感覺。

第四次我再繼續按時，他已經不再走出來了，可能發現是有人惡作劇吧！

我很滿意地走回家，躺回床上，頭上已經沒有再傳來敲打的聲音。很好，有時候適當的教訓是必要的。

也許是惡作劇讓我的體力和戰鬥力直線下降，一沾上枕頭，不到十分鐘我便馬上沉沉入睡。

而這一睡，直到隔天下午三點我才又睜開雙眼。慵懶地在床上打滾了好幾回，才心滿意足地起床。

我一向是個急性子的人，什麼事都講究迅速，這也是爲什麼我習慣自己工作，拒絕老闆要我擔任管理職。

我受不了行動緩慢又遲鈍的人，之前負責訓練新人，能待到第三天都算是很強的了。很多人第二天就陣亡的，爲了公司的將來，老闆才取消要我管理公司的念頭。

像我這種沒耐心又横衝直撞的人，現在居然能這麼悠閒地窩在沙發上，讓下午暖洋洋的陽光灑在的身上，這種皮膚被太陽晒得熱熱的感覺我好喜歡，希望可以溫暖一下我幾乎沒有溫度的心臟。

看著窗外顏色變幻，我發起呆，在沙發上，不停地胡思亂想，想著所有的一切，所有關於自己的一切。

一直在沙發上待到陽光褪去之後，我才懶懶地起身，打算到附近的超級市場買點日常用品。換好衣服、拿了錢包，卻找不到我的手機。就在我快把整間屋子翻過來時，才在垃圾筒裡瞄到它的屍體。

然後，我想起昨天下午被我狠狠丟掉的手機，還有林君浩。

沒有打算撿起來。去超級市場前，我決定先去辦一支新手機。

有些事情，這麼決定了，就這麼去做。即使昨天晚上喝了很多，我也沒有忘記說出口的一字一句。雖然回憶總是在不經意的時候，突然之間在心頭裡浮現，咬著我不放。

我和回憶在追逐著，終點在哪裡？雖然還不知道，但我正在努力。

看了最後一眼留在垃圾桶裡的手機，心情複雜糾結起來，一希望這一切，都能在下一刻結束。

我說過我是個迅速的人，利用十分鐘換了新號碼。買好新手機後，馬上到超級市場採購一些日常用品。我站在食材區前，掙扎著要不要買些食材回去做飯，雖然我從來沒有進過廚房，而且父親留給我的房子，在我重新改裝時，就打掉廚房了。

廚房那只屬於幸福家庭的配備，我沒辦法擁有。

我思索了一下，重新開始的第一天，就從三餐正常開始吧！

即使我只會泡麵，離開超市時，我還是買了兩大袋的食物。我提到手快斷了，發抖得連大門鑰匙孔都對不準，要開個門都是困難重重。

晚上視線又差，開到我額頭冒汗，氣到忍不住踢了幾下門，還是找不到鑰匙孔。

突然間，我手上兩大袋的食物被搶走，手裡的重量隨即消失了。

景氣有這麼不好嗎？連人家提在手上的食物都要搶。我轉過身準備要好好教訓這個不長眼的傢伙，「喂！」

一看，居然是白目的痞子闞。這個人眞的是神出鬼沒，走路也沒有聲音，老是喜歡在別人背後做些討人厭的事。

「妳很奇怪耶，不能先放下東西再開門嗎？」他表情很不屑。

聽到這種教訓的語氣，更讓我不開心，「你才奇怪，莫名其妙出現搶人家東西。」

「我怕門被妳踢壞，又要換一個新的。地球夠可憐了，請愛護資源。」嘖，損人的理由也能說得這麼冠冕堂皇。

「我拜託你不要太常出現在我面前，就算我手斷了也不要幫我提，我已經夠可憐了，請同情一下我的眼睛。」哼，大道理我比你更會說。

他聽完開始大笑，猖狂的樣子，我都忍不住想出手了。

「我就是同情妳的眼睛才出現的，像我長這麼帥的，世界上眞的沒有幾個了！」他非常認眞。

但我心裡只出現一句話，這個人是神經病。

他的話我完全不想反駁，因爲活在自己的世界的人，是聽不懂別人的話的。我只想趕快進屋子去，天啊，這個世界好可怕。

用最快的速度開了門，把兩袋東西搶回來。才想要踏進屋裡，這個神經病居然從後面抱住我！

我嚇了一跳，不到兩秒，驚慌被怒氣取代，他如果以爲長得帥就可以這樣隨便吃人豆腐的話，那他眞的找錯人了。

馬上扔下手裡的袋子，回頭就是一巴掌，順便加上一句，「你是活太久了嗎？」回頭後才發現，我打的人不是那個痞子，居然是馬克。

而且他哭得很慘，整個臉已經扭曲到不行，還挨了我狠狠的一巴掌，左邊臉頰瞬間又紅又腫。

那個痞子就站在後頭，手插在口袋裡，自以爲帥氣，好整以暇地像是在看好戲。

我居然失手了。

遺憾的心情只有那短短幾秒鐘，我沒時間再理他，因爲馬克正站在我面前哭得好悽慘，是我從來沒見過的樣子。

「你怎麼啦？」我擔心地問。

他大喊了一聲「茜」，接著就緊緊地抱住我，哭得像個小孩一樣。這是我第一次見到他這副模樣，反而是我手足無措，待在原地不知道該怎麼辦才好。

「你怎麼啦？」我擔心地問，但馬克只是哭，什麼話都沒有回答。

就在我不知如何是好時，痞子關提著被我丟在地上的東西，然後一句話也沒說就自己走了進去。

「喂，你幹麼進人家家裡？喂！」我只能站在原地看著他的背影大叫，卻什麼都不能做，誰叫我身上還掛著馬克，根本動也不能動。

這到底是什麼場面？

我進到屋子裡，已經是二十分鐘之後的事了。

我花了一番力氣，才把掛在身上的馬克給弄下來，左側肩膀的衣服，已經完全被他的淚水和鼻涕浸透，脫下來絕對可以擰出一杯水來。

而我被這樣折騰下來，則是承受太多眼淚的肩膀痠痛，連帶引發全身性腰痠背痛。

拖著眼淚掉得像水庫洩洪般的馬克進門，我真的很懷疑，一個大男人眼淚怎麼會比太平洋還多？

啊，我忘了馬克是女的，女人才是水做的。

用盡全身的力量把他丟到沙發上，我整個人也虛脫地癱在他旁邊，簡直是累翻了，餘光只看到痞子闕很悠閒地坐在我對面的貴妃椅上，雙腳交疊，喝著我剛才從超市買來的純喫茶，微笑地看著我和馬克。

他以為自己在拍廣告嗎？卡！

「你怎麼好意思坐在我面前喝飲料？」我又沒邀請他進來，他居然理所當然地把這裡當自己家。

他清了清喉嚨，挑著眉說：「為什麼要覺得不好意思？」理直氣壯的語氣。

我忍不住翻了個白眼，「我好像沒有邀請你進來，也沒有說你可以喝我買的飲料！」眞的沒有力氣再跟他吵了，馬克持續的哭聲也讓我心煩氣躁。

他看了我一眼，無辜地說了一聲「喔」便站起身。

看他起身，我內心忍不住放起鞭炮，太好了，總算知道要回去。如果還要我拿掃把趕人，場面就眞的很難看了。

沒想到，下一秒他並沒有往大門走去，而是走進廚房裡。再出來時，手裡拿了另一瓶純喫茶，然後走到我面前，遞給我。

「幹麼？」我說。

「如果妳覺得看我喝不好意思，那一起喝。」他無害地笑著。

那笑容只讓我想對他說兩個字。

奸、臣！

打從開始自己生活到現在，什麼事情我都自己來，什麼事對我來說都不困難，就連兩年前房子遭小偷那次，屋裡被搞得面目全非，都沒有像現在這麼無力過，我眞的不會對付這種奇怪的人。

他沒事般地回到沙發上，繼續著剛剛的悠哉放鬆。

我已經累到不想再跟他爭執，接過飲料便馬上一口氣喝完，冰涼的液體至少可以抑制我即將爆發的火氣。

「女生喝那麼多飲料不太好。」他皺著眉頭看著我說。

拒絕他字面上的好意，我瞟了他一眼，心想「干你什麼事」。

他假裝沒看到，繼續喝飲料。我已經放棄跟這種人對抗，簡直就是浪費力氣。

現在要先處理的是馬克，他的眼淚眞的快把我淹沒了。我轉過頭去看著他，他整個臉哭到慘不忍睹就算了，連衣服也都搞得像是難民一樣。

我不習慣沒有衣著時尚、香味滿分、自信昂首的馬克。

我嘆氣，「你到底還要哭多久？」

他搖了搖頭，繼續哭。

「到底是發什麼事啦？哭成這樣？」我問。

他搖了搖頭，還是繼續哭。

看這個樣子，應該除了點頭跟搖頭什麼也說不出來，那我就問是非題吧！

「老闆教訓你了嗎？」我問。

他搖了搖頭。接著我發現自己問了個蠢問題，通常都是我們教訓老闆比較多。

「還是你這次週年慶沒有買到想要的LV包包？」我做了另一個猜測，因爲通常會讓馬克情緒失控的，不是LV就是PRADA。

他又搖了搖頭，我好想大叫，耐心接近零。

我眞的想不出其他狀況時，痞子關突然出聲，用很平常的語氣說：「應該是和情人分手了。」

話一出來，馬克突然大叫了一聲，然後用十倍的音量放聲大哭，那聲響簡直快把我的耳膜給震破了。

我瞪了一眼痞子關，他又是露出無辜的表情聳了聳肩，繼續喝他的茶。

該死的奸臣。

趕緊抽了幾張衛生紙給馬克，他大哭個不停，會是痞子關說的那個理由嗎？我覺得懷疑，「你跟阿豪眞的分手了？」

前兩天才在阿豪姊姊開的pub裡喝酒，兩個人看起來感情還是好得不得了啊。雖然後來我回pub時，聽到阿豪姊姊說小倆口吵了一架，但也不至於兩天後就分手吧。

我也是在那天撞到痞子關的。

唉，眞是倒楣加晦氣。

馬克解除了我的不解，他用力地點了點頭，證實痞子關的猜測。

我嚇了一跳，抬頭看了一眼痞子關。他露出勝利的微笑，想也知道又接了一記我的白眼。

「怎麼可能？前兩天不是還好好的？」我問。

馬克很想解釋，可是又哭到一句話也說不好，嗯嗯啊啊的聽到我頭都痛了。

多嘴的痞子關又說了一句，「會突然分手，應該是都有第三者吧！」

馬克一聽到這句話，發出比原先大十倍的哭聲。再這樣下去，我應該會被鄰居檢舉製造社區噪音。

我抱著頭，眞的不知道這個時候是要揍痞子關還是馬克。

我對痞子關吼了一聲，「你不要多嘴！」接著又對馬克吼了一聲，「你給我哭小聲一點。」

嘆了一口氣，按照馬克剛剛的反應，痞子關應該是猜中了，不然馬克不會又這樣哭起來。

只是……第三者？我腦子裡開始想這三個字，那種窒悶的情緒又在我心裡起伏。

爲什麼現代人的感情都得結束在第三者的介入？小倫、采雅、青青都是，而林君浩也拋下我娶了別人。

如果是這樣，那我這個後來變成第三者的人非常失敗。

我並沒有結束林君浩和他太太的關係，只是把自己又丟進去那個難堪心傷的漩渦裡。隨之暈眩。

幸好馬克的啜泣聲把我從那些思緒裡拉了回來。我不應該再去想那些過往，馬克現在的狀況才是我該擔心的。

從大門口遇見到現在整整一個多小時，馬克的眼淚沒有停過。我想，如果要讓他停止哭泣，不是我出手把他打暈，就是要把他灌醉。

但我沒辦法對一個被劈腿的人出手。

所以我對痞子關說：「你去買酒。」

他懷疑地指了自己，「我嗎？」

「你喝了我的飲料，跑跑腿不爲過吧！」

他又露出一副「妳說了算」的無辜樣，用著很瀟灑的姿態走了出去。

我抿著嘴，壓下那股火氣，不停地深呼吸著，我發誓有一天我一定會出手揍他。

坐在沙發上，我無奈地看著馬克，他還是持續哭著，面對感情的背叛，努力過的人都知道，除了自己救自己之外，沒有別的方法。

妳打算讓自己哭多久？這是采雅對我說過的一句話。

林君浩決定和別人結婚時，我連續三天不出門、不接任何電話，任憑門鈴快被按壞了，我依然不開家門，只躺在床上流眼淚，哭累了就睡。眼睛一張開，想起他又繼續哭。

我不曉得當這個世界上最重要的都失去之後，只剩下我一個人時，還有繼續呼吸的理由嗎？

那個時候我真的找不到。

直到采雅和小倫帶著鎖匠打開門，采雅第一眼看到我，沒有氣得罵我，只是一樣優雅地對著我說：「妳打算讓自己哭多久？」

就像平常我們在shopping時，她問我打算花多少錢的語氣。

於是，我就再也不哭了。

何凱茜不能讓自己哭太久，三天夠了，眞的夠了。即使什麼都失去了，我的父親、母親還有林君浩都不在身邊，至少自尊是我繼續努力生活的理由。

愛面子的何凱茜不能夠被笑。

我也用一樣的話問馬克，「你打算讓自己哭多久？」

他沒有回答我，看著他依舊抽搐抖動的身體，我想可能得花上一段時間吧。

「那你先哭吧！我去洗一下澡。」也只能等一下灌醉他，再讓他好好睡一覺吧！但在這之前，我得先把我的戰鬥力調到最高。

馬克沒說話，只是輕輕地點了點頭，我又看到透明的淚水滴在他的牛仔褲上，心疼之餘，卻不知道該怎麼幫他。

安慰人真的很累，我又不是會開導人家的人，面對這種情形，我通常都是帶著姊妹去喝酒，雖然不能解千愁，但心裡多少會好過一點。

讓自己泡了個舒服的澡，拿精油按摩一下剛剛差點被壓斷的左肩，才緩緩回到客廳，我希望馬克的情緒已經比較穩定了。

一回到客廳，我卻嚇了好大一跳！

地上已經有兩支威士忌的空瓶，桌上還有好幾瓶未開罐的酒和一些下酒菜，而馬克和痞子關正坐在地毯上，兩人手裡各拿著一瓶威士忌當喝啤酒一樣地喝著，馬克還邊喝邊大罵髒話，像是喝醉了。

我走過去，坐在距離他們最近的沙發上，拿下馬克手上的酒瓶，「好了，不要喝那麼猛！」

馬克整張臉紅通通的，眼淚雖然停了，可是哭太久眼睛腫得好厲害，我有一種在看魚缸裡金魚的感覺。

他馬上又把酒搶回去，「茜，妳說，阿佩怎麼可以這樣對我？居然在我買的床上跟阿豪上床！」

阿佩？她好像是馬克之前的同事，和馬克感情還不錯，常常玩在一起，但如果我沒記錯，她應該是女生吧？

「是我知道的那個阿佩嗎？」我懷疑地問。

馬克一臉又像是要哭出來的樣子，大叫說：「對，就是那個賤胚子，以前去約會都跟我借名牌包。我幹麼要借她？嗚，早知道就不借了！」

「她不是女生嗎？」阿豪是gay，他會跟女生上床嗎？

馬克哭喊著，「她是女生，對，她是女的！林正豪居然跟我說就算他愛我，他父母也不能接受我，到最後他還是得結婚生小孩。哈，妳知道gay是什麼嗎？gay是屁、是禍害、是不配擁有愛的人渣種，我是人渣種！」

第一次聽到馬克這麼激動的言詞，我整個人的心好像被重重一擊，完全不能從他說的話裡回過神來。

他的愛情好辛苦，我卻從來沒有留意過。

我看著他痛苦的背影，心好酸好酸。

把馬克摟進懷裡，一直以來，他都是我最疼愛的「妹妹」，心地善良、聰明、長相帥氣、還做了一手好菜。他總是在我身後，默默地給我力量。

他總是笑容嬌俏地對我說：「搞什麼啊，妳可是何凱茜耶！」

而我卻一直留在和林君浩的感情裡旋轉，沒有發現他每一次和情人分手的瀟灑都是僞裝。

這幾年來，他和姊妹們就像是天使一樣守在我身邊。我撫著他痛哭抽動的身體，在他耳邊說著：「你才不是屁，你是我的天使，知道嗎？這種話不准再講了。」這種感性的話，這輩子我是第一次說。

他抱緊我，哭得更厲害了。

「我想當眞的天使。」他哭著說。

我驚訝得馬上推開他，心痛地看著他問：「你這是什麼意思？」

「茜！我好想死、我好想死啊！妳說，我不死，活到最後還有什麼？我的男人到頭來還不都是要娶女人？」馬克看著我，幾近歇斯底里地哭喊著。

突然，「匡啷」一聲，馬克手上的酒瓶，因爲他激動過度撞上桌角，頓時破了。

破裂的那一瞬間，我全身發抖。

手割破了、酒灑了、玻璃碎成一地，流出來的血和地板上的酒混在一起，紅紅的、亮亮的，讓我膽戰心驚。看著他的痛苦，我卻一句話也說不出來。

痞子關馬上從浴室拿了一條毛巾把馬克的手包住，再將呆滯的我拉到旁邊去坐好，從廚房找到掃把和抹布清理地面。

我看著馬克，很想做點什麼，可是依然只能看著他的側臉無語。

被最愛的人背叛，我也曾經想過要死不是嗎？他會有這種想法，我又有什麼資格說些什麼？說再多也是那些自己做不到又冠冕堂皇的話。

痞子關到他家拿了些藥品過來幫馬克擦藥。還好看起來傷口不深，不然就得到醫院處理了。

痞子關專心地處理著傷口，拿起白色繃帶幫馬克包紮時，淡淡地說了一句，「生命雖然不美好，但也不是拿來放棄的。」

看到他說這句話的表情，我不得不承認他說的，這個世界上要找像他這麼帥的人真的很少。

我很想對他說：「奸臣，你這句話講得眞帥氣。」

馬克因爲他的話，頓時又紅了眼眶。我鬆了一口氣不再發抖，雖然馬克沒有回答，但情緒慢慢平復了一些。傷口包紮完，痞子關突然抓起馬克的另一隻手，拆下他的名牌腕錶。

我對他的舉動感到莫名其妙。

而馬克居然靜靜地沒有反抗，任由他拿下腕錶。拿下後，手腕上居然貼著OK繃。痞子關什麼也沒說就撕了下來，那一道一道還滲著血水的傷口就在馬克的手腕上，看得我怵目驚心。

倒抽了一口氣，我衝到馬克旁邊去。

「你搞什麼鬼？爲什麼把自己搞成這樣？」我抓著他自殘的手，心好痛。新傷口交錯在舊疤痕上，我控制不了自己的情緒，眼眶紅著，完全沒有辦法相信平常愛撒嬌又開朗的馬克居然會做這種事。

「你不是叫我要愛自己嗎？你不是說就算林君浩不要我，也不可以做傻事嗎？那你在幹麼？」看著他無神的表情，我再也受不了，哭了出來。

馬克低著頭沒有回答。痞子關繼續幫他處理傷口，我坐在沙發上不停地哭泣不停地自責，爲什麼我沒有多花時間關心一下馬克，只想著自己的事，我眞的好不應該。

拿起桌上的酒開始猛灌，開始討厭起自己，討厭自己自以爲是的義氣，其實根本什麼都不是！

一句話都不想說，也什麼都沒說，痞子關幫馬克處理好傷口後，我們三個人手裡各自拿著酒喝，一瓶接著一瓶，依舊持續沉默著。喝到什麼時候才停下來，我已經沒有印象了。

只記得最後在夢裡，馬克眞的變成了天使。

那善良的天使就站在我眼前，純白色的翅膀在他背後揮動著，眼角微微揚起，面帶苦澀的笑容看著我。突然之間，他的眼角流下鮮血，一瞬間就消失不見。

我心一緊，恐慌地想大叫，用力睜開眼，映入眼簾的卻是痞子關那傢伙的睡臉，用力地嘆一大口氣，被自己的夢嚇醒，感覺就像穿著自己最愛的鞋子跌倒一樣莫名其妙。

抬頭看了一下時鐘，沒想到已經是下午一點多了。

痞子關就躺在我對面的沙發上睡著，側面的剛毅輪廓，讓我恍惚中以爲自己看到了金城武。嘖！這傢伙怎麼可能像金城武？應該是我剛睡醒，眼睛還沒聚焦，脫窗了吧。

轉頭看另一旁的沙發，馬克並不在，回家了嗎？

我思索著。

昨天晚上那一幕幕又在我腦子裡像幻燈片播放起來。想到馬克承受的巨大傷痛，心裡又湧起了不捨。

突然一道聲音說：「妳現在是不是覺得，這世界上要像我這麼帥的人眞的不多。」他閉著眼，維持相同的姿勢，只是嘴角得意地上揚。

一句話，讓我的火氣取代低落的情緒。

他還眞敢講。我忍不住翻了個白眼，「你從哪裡來的勇氣講出這句話？」

他突然坐起身來看我，一副正經的樣子，「陳述事實爲什麼需要勇氣？」

我頭暈。

自從開始跟他有過接觸之後，我開始認眞思考這世界上是不是眞的有外星球來的人。之前和小倫一起去看《變形金剛》，對我來說，大銀幕的視覺效果是眞的很棒，但不就是那幾隻機器人模型打來打去的嗎？沒想到小倫很認眞地說：「不知道科博文能不能適應地球的環境。」

她一直覺得科博文眞的住在地球，甚至覺得她公司裡也有好幾個同事是外星人喬裝的，要不是看在我們認識十幾年的分上，我應該早就懶得理她了。

沒想她是對的。

我眼前就是有一個外星球來的。我只能說，他喬裝的外皮眞的有夠厚，連子彈都打不穿。

「我眞的很想知道你腦子裡到底裝了什麼，你的朋友是不是覺得你很難相處？啊，不是，你有朋友嗎？」

「我朋友很多，有機會一起吃飯？」他認眞地邀約著。

我懶得理他這種火星人的思考模式，只對他說：「你睡飽該走了吧！」

「我習慣再賴床半小時。」他又躺下去恢復睡覺的姿勢。

看到他縮回去沙發的樣子，我安慰自己，人生總是充滿磨難，我要勇敢面對命運的挑戰，絕對不能生氣。

再跟他講下去，不是我腦中風，就是他臉上會多兩個巴掌印。

雖然我脾氣不好，但是依然愛好和平。下定決心要無視他，隨便他睡多久。我站起身，走路還有點搖晃，昨天晚上眞的喝太多了。

經過昨天馬克坐的位置時，才發現沙發上還留著他的外套，支離破碎的一支錶，還有一片鮮血。

這是怎麼回事？

我站在原地動也不動，看著那一片血漬發呆，腦子閃過馬克眼角流血的那一幕，腳底發涼。

不會吧……

那一瞬間的恐慌感，讓我大吼了一聲：「蘇俊男！」

換來的是無聲的靜默，還有痞子關抬起頭一臉莫名其妙的表情。

「蘇俊男！蘇俊男！」一聲聲的叫喚完全沒有回應。

恐懼朝我襲捲而來，我發了瘋似地先跑到門口，發現大門居然沒有關，而我陪馬克去買的名牌鞋還留在門邊。

我衝出大門，四處大叫馬克的名字，連對面公園裡也不見他人影。

「妹妹，妳有看到一個皮膚白白，長得帥帥的哥哥嗎？」我焦急地問著在一旁盪鞦韆的小女孩。

她看著我，歪著頭、睜著大眼睛用力想。

我等不了太久，便拉著她的手一直問：「有嗎？有嗎？妳有看到嗎？」

小妹妹被我的著急嚇住，手縮了回去，跳下鞦韆跑掉。我才想追過去，就被一個力量拉住了。

我回頭一看，是痞子關。

「妳想嚇死小孩嗎？」他看著我淡淡地說。

我頓時冷靜了下來，看著他一句話也說不出來，心裡面都是馬克昨天那失控的行爲和哭泣的臉。

不可以變成天使，絕對不可以。

痞子關沒說什麼，拿了雙鞋放在我前面，蹲了下去替我穿上，我被他親暱的舉動嚇了一跳，慌張地說：「我自己穿。」

他卻強硬地不肯妥協。

這個時候，我也沒有心思再去和他爭執，看了自己的腳，才發現從剛剛到現在我都是赤著腳亂跑，腳也因爲踩到碎石頭，磨破了，滲著血絲，卻是一點都不感覺痛。

一心擔心馬克會不會眞的做了什麼傻事，想到這個我就忍不住顫抖。

痞子關替我穿好鞋，站起來在我面說：「不要擔心，妳要相信妳的朋友。」

之後，他便拉著我的手離開公園。

他的背影在我的眼前放大，一時之間，突然覺得被人牽著手的時候，原來竟是這麼溫暖。

緊繃的心在那一刻放鬆了。

上一次林君浩牽著我走在路上已經是三年前的事了。自從他成爲別人的先生，我們就失去牽手的權利。

當痞子關的手給我力量時，我才發現，原來自己心裡的某個角落有多期待這種令心安心的溫度。

回到家，我坐在沙發上，瞪著馬克流下的那一片鮮血，又開始失神，不知所措。

痞子關倒了一杯水遞給我，對我說：「不要擔心，先打到電話到他朋友那裡問看看。」

一句話，讓我重新回神，馬上衝到房間拿了手機過來，卻發現電話簿裡空得可以，之前的手機也被我丟了，通訊錄來不及儲存下來。

唯一記住的號碼就是姊妹們和馬克的手機。

試著撥看看馬克會不會接電話，很遺憾的都是直接轉語音信箱，我想，馬克應該也不至於去找小倫她們。

「不通。」我無奈地說。

「他還有可能去哪裡嗎？」他接著問。

「沒有，他不是本地人，在這裡也沒有太多朋友。」

「先去他家找看看好了，搞不好回去了。」他提議著。

我點點頭，抓了車鑰匙就往外衝，可是卻被痞子關一手逮住，面無表情地把車鑰匙給搶走，「妳現在的精神狀況不適合開車。」

這一次，我沒有爭辯。

才剛走到車子旁準備開車門，痞子關突然往上指著說：「妳看！」

我順著他手指的方向，居然看到馬克就站在房子頂樓的陽台上，整個身體在那裡搖搖晃晃，只要他往前走一小步，就會從高處落下。

然後在我面前支離破碎。

我不要！我在心裡怒吼。

我不敢想像那畫面，氣喘吁吁地跑上五樓。看著馬克鑲在天空的蔚藍裡，好像就要被吸進去一樣，我好怕會失去他，連忙大叫：「蘇、俊、男！」

馬克聽到我的聲音，轉過頭來，白皙的臉龐被午後的陽光暈得粉紅，微笑著對我說：「茜，妳起床啦！我……」

他話還沒說完，痞子關就迅速衝向前，把他從陽台上拉下來，兩個人在我面前跌成一團。

這前後不到三秒。

看著馬克安穩地回到我面前，懸著的一顆心才眞的落下。

也許是放鬆安心了，眼淚掉了出來，我邊哭，手也沒閒著，「死馬克、王八蛋，你就這麼想死嗎？」每講一句就連連揮出拳頭落在他身上。

「好痛！茜！哎唷，不要打了，好痛！」他瑟縮地躲著我的拳頭。

我早就忘記自己打人的力道有多強，直到痞子關抓住我的手，「妳再打下去，他眞的會有生命危險啦！」

「我親手打死他，總比他自殺好！我也比較甘心。」我已經哭到失去理智了。這種被丟下的感覺讓我好恐慌。我唯一擁有的，只剩下這些真心愛我的朋友而已。

馬克突然抱住我，安撫著我，「茜，我真的沒有要自殺，真的沒有。」

他的手輕輕拍著我的背安慰我。直到這個時候，我才真的相信他沒有要做傻事。

我懂背叛的痛，但是，傷害自己不也等於背叛了那些愛你的人？

能夠知道自己並沒有失去，那種全身緊繃的感覺終於得到解脫，我的淚水流個不停，這一次換馬克衣服的左肩上溼了好大一片。

我和馬克擁抱著，陽光灑在周圍，天使回到我身邊。

經過一天一夜的混亂，馬克要離開我的住處時，已經變回原來的馬克了。雖然內心還承載著悲傷，笑容依舊牽強，但他告訴我，他會沒事，會努力讓自己沒事的。

他擁抱著我，我們給彼此力量。

這一刻，我想起了痞子關剛剛在公園對我說的那一句話，「妳要相信妳的朋友。」信心就這麼來了。

「慘，我今天蹺班了。」馬克想讓我安心，開起了玩笑。

我帶著紅腫的雙眼笑了，拍拍他的肩膀說：「放心，有我在！」

有我在，不管有再多的痛苦我都在，我們一起承擔。

站門口放心地看著馬克離開，我想起自己。我們都不想忘記愛情開始最美的那一刻，卻必須努力遺忘愛情結束那一刻的傷痛。也許遺忘需要一段時間，但是對於離開林君浩這件事，我愈來愈有勇氣。

馬克的背影慢慢消失，我才開始感到疲憊不堪。

轉身想回房間好好大睡一覺時，卻看到痞子關還坐在客廳裡，很自以爲是地開起電視。我沒弄錯的話，那是最近在兒童界裡引領潮流的巨星——海綿寶寶。

原來他的智能只停留在六歲，也難怪我無法和他溝通。

「你不走嗎？」我問。

「我肚子餓。」他的視線依然沒有離開那塊黃色的海綿。

「所以呢？」干我什麼事，敢叫我煮飯給他吃試試看。

他突然把電視關掉，站起身走到我面前，「陪我去吃飯。」然後把我拖了就走。

我實在很想對他發脾氣，但看著他，想起了那一陣溫暖。他也是非常有心地和我一起找馬克，陪他吃個飯就當是回報好了。

我們到巷口的麵攤吃麵，隨便點了些小菜和麵之後，他拿著啤酒問我：「要喝嗎？」

我點了點頭，他幫我們兩個各倒了一杯，他才剛舉起酒杯，我早就一口氣把那杯冰涼的啤酒喝光。

爽快！果然啤酒是最解渴的飲料。

他拿著酒杯的手停在半空中，一臉神奇地看我，「妳是不是在酒店上班？」

「對！」我很不客氣地把他手上那杯酒搶了過來，花了十秒鐘喝掉。

他急忙搶過我手中的空杯，嘴裡抱怨，「有沒有人說過妳這人很沒有禮貌？」

「那有沒有人說過，你整個人很莫名其妙？」

「哪裡？」他爲自己又倒了一杯，快速地喝掉。

「全部！從你撞到我那一刻起，我就覺得你這個人很怪。」

他突然正經起來，「妳知道嗎，我一點都不奇怪，會覺得我奇怪的人，才眞的很奇怪。」

我翻了個白眼，「三不五時說自己帥還不奇怪？我跟你又不熟，你老是來惹我不奇怪？都幾歲了，還在看海綿寶寶不奇怪？」

他吃著剛上桌的小菜，很自然地說：「妳不覺得我帥嗎？我到底是哪裡惹到妳了？三十幾歲的人不能有赤子之心嗎？」

他一連串的反駁，堵得我一句話都說不出來。

所以，奇怪的是我囉？

「趕快吃啊，東西都要涼了。人生很短，一直悲傷也不是辦法。有時候，老天爺就是會給妳不想要的東西。」他叫著發呆的我，然後又說了一堆讓人摸不著頭緒的話。

我抬頭看著他。

他夾了一顆魯蛋放到我碗裡，繼續說：「這個時候，妳也只能選擇吃掉它。」

以為會有多偉大的結論，果真還是火星人方式的結語，但我聽得懂他要表達的。

心裡認同著，我用行動表示，吃了那顆魯蛋，對他笑了笑。

從沒想過，這頓飯會從晚上六點吃到凌晨麵攤老闆打烊。

只記得喝著酒東聊西聊，也不知道聊了什麼，時間就這樣快速地流過。也許我們要和平相處的時間，也就只有喝酒的時候吧！

時間過得很快，不知不覺我已經在這裡住了半個月，沒有不適應，反而是感到前所未有的自在。

雖然沒進公司上班，我還是能在家裡處理所有客戶需求，要是客戶有問題需要我到現場解決，我才會出門。

晚上無聊時，就到前面公園散散步、發發呆，不然就去社區健身房把自己搞得很累，然後一回家馬上倒頭就睡。我很感謝采雅幫我借了這麼好的房子。

聽見「叮咚」一聲，我放下手中的咖啡，看著電腦裡傳來的即時訊息。是馬克，「他又來了。」

「不要理他。」我這麼回他。

馬克告訴我，林君浩經常在公司大樓前等我。心裡還是偶然會泛疼，但走到這裡，我不能再回頭了，現在唯一能做的就是避開林君浩。

馬克接著又問我，「這樣下去不是辦法，妳再不來公司，老大要哭了。」

我不以爲意地反問：「有什麼好哭的？」

「日本經銷商他搞不定啦！」

「所以呢？」

「妳好無情喔。」

「嗯。」

馬克忍不住發難，「妳可不可以不要再嗯嗯啊啊的？妳沒來公司我很寂寞就算了，連敲個msn，妳回話的字數都少得可憐。」

「喔！」

「對了，妳和他進展得怎樣？」我知道馬克指的是誰，他最近三不五時就想把我跟痞子關湊成一對，一整個很擔心我嫁不出去就對了。

可是我現在想到他就有氣。

那傢伙從那天晚上吃完麵之後，就好像人間蒸發一樣，隔壁房子的燈再也沒有亮過。要不是馬克也見過他，我真懷疑我看到的根本就是鬼。

跟疑似鬼的人能有什麼進展？「人鬼殊途」沒聽過嗎？

我完全不想回答馬克的問題，只是這個小白目可能最近情傷好多了，開始有閒情逸致管別人的事。

「你是覺得我交給你的工作太少了嗎？」

這一則訊息傳出不到一分鐘，我的手機馬上響了。

我連來電顯示都沒看，也沒等對方開口，我就直接回答，「應該是太少了，才會那麼有空關心我的事。」

討好的聲音馬上在另一端響起，「茜！妳怎麼這樣啦！妹妹也是擔心妳啊！」

死馬克，淨會甜言蜜語。

「你不要再問這個問題了，每天問你不煩嗎？我跟他還沒熟到可以用『進展』這兩個字來形容。」

「哎唷！人家我覺得你們郎才女貌啊！」

嘖，眞是快被他打敗，「我還金童玉女呢！」我很不耐煩。

「也可以啊！」馬克正經地回答。

再跟馬克講下去，我看我會顧不得林君浩等著逮我，馬上直接衝去公司揍他，再狠狠揍林君浩一頓。

「再問我這件事，我保證你這個月沒假可休。」我淡淡地說。

「好啦，不問就不問，那我可以問晚上采雅要見面的對象帥不帥嗎？」馬克眞是有夠八卦的。

「我都還沒見過怎麼知道？晚上看過再告訴你。」

前幾天在采雅家聚會時，采雅要我們陪她去見心儀的對象，剛好小倫和青青都有事，只有我這個閒人可以陪采雅去赴白馬王子的約。

采雅三天兩頭就稱讚這個男生很棒，我倒要好好看看這男的到底有什麼魅力可以讓采雅這樣傾心。

「好啦，我再自己問采雅，反正她等一下會先過來跟我拿合約書，妳簽完，我下星期再過去跟妳拿。」

「好。」

結束和馬克的對話，腦子裡突然閃過痞子關的臉，我必須承認自己多少有點擔心他的行蹤。

他忽然之間這麼不見了，消失得無影無蹤，應該不會是出了什麼事吧。

我突然回神，生氣地拍了自己臉頰，「神經，干我什麼事啊？」

不過就是見過幾次面，我爲什麼要擔心他？他算哪根蔥？最好不要再讓我看見，滾回火星吧！

丟下手機，我煩躁地伸手抓了抓頭髮，不讓自己再胡思亂想。

我趕緊梳洗一番。現在最重要的是陪采雅去見人。她擔心只有他們兩個人吃飯她會太過緊張，硬要我們其中一個人陪她去當電燈泡。

電燈泡不能太亮，所以我捨棄了最愛的紅色，穿上黑色V領公主袖針織衫，配上白色合身九分褲，連高跟鞋也不踩了，穿著駝色休閒鞋，拿了包包就出門。

我關上大門的那一刻，采雅的車剛好在我背後停了下來。這就是我們的默契，每次都是這樣分秒不差。

我帶著笑容上了采雅的車，很熟悉地先互相擁抱一下。

擁抱會帶來力量，這句話是小倫的座右銘，在我高中畢業，只剩下自己時，她們總是不時擁抱我，陪我走過。

久了，我們也就習慣這自然不過的擁抱。

采雅今天仍然像個公主，微捲的波浪長髮，深紫色削肩洋裝，名牌新款黑色高跟鞋，美得不得了。

「妳今天已經把我電暈了。」我說。

采雅笑了笑，「妳少來了！這個。」她將馬克交給她的資料拿給我。

「謝啦！」

我正準備打開資料夾時，無意間從後照鏡裡瞥見一輛熟悉的車子。我嚇了一跳，沒想到他居然會在這裡，一定是跟著剛剛去公司幫我拿資料的采雅後面來的。

我看著後照鏡恍神，那輛熟悉到不行的車子，還有讓我感到陌生的林君浩。

采雅發現我的臉色突然變難看，擔心地問：「怎麼啦？」

我回過神牽動著嘴角笑了笑，「沒事啦！走吧！」

逃不過嗎？難道眞要這樣繼續糾纏著嗎？

我眞的不懂林君浩到底要幹麼，大家明明可以徹底解決，他爲什麼要這麼自私？

他想要，卻從來不問我要還是不要。

一路上，采雅興高采烈地說著關於她白馬王子的事。她說得起勁，我卻一句都聽不進去。

腦子裡都是剛剛林君浩車子停下的那一幕。

「茜，妳是不是不舒服啊？妳的臉色眞的很差。」采雅摸著我的額頭，想看看我是不是發燒了。

我當然不會告訴她，讓我臉色發青的人是林君浩。

萬一她知道林君浩是跟著她的車子找到我，肯定自責內疚到不行，又會馬上幫我找房子離開。但我並不想離開現在住的地方，它已經讓我有安心的感覺。

安心兩個字閃過，我的腦子又出現痞子關的臉。深深地吐了一口氣，眞的覺得自己已經被林君浩嚇到頭昏了。

「沒事啦！」我安慰著采雅。

采雅微笑，握了握我的手。

到了餐廳後，我再也不想去想那些令人不愉快的事情，今天采雅才是主角，如果這個男人不錯，我打算半途就開溜，讓她好好跟白馬王子相處。我會期待王子與公主有很好的結局。

已經到了約定的時間，並沒有人來赴約。

我看著手錶，時間已過了兩分鐘，不守時的男生在我心目中不及格。

我看著采雅，指指手錶。她帶著無奈的表情對我笑了笑。

這時，采雅的手機突然響了。

「是……好，沒關係，我知道。」

簡短兩句話之後，采雅掛了電話。

「怎麼了？」我問。

她帶著歉意的表情看著我回答：「茜，不好意思，他才剛忙完，現在正趕來，所以要等一下下喔！」

不悅的表情已經掛在我臉上了，搞什麼啊，明知道今天有約，沒能力在時間範圍內解決工作，那表示他能力不足，長得再帥都沒有用。

「還好我今天陪妳來，不然妳不就要空等？」我說。

采雅微笑著，「沒關係啦。」

采雅一邊不安地等待，臉上還是閃著少女的粉紅光芒，我只能說愛這種東西簡直可以鬼遮眼。

十分鐘、二十分鐘過去，到現在我已經整整等了半個小時了，敢情這位白馬王子還在等他的馬出生？

我的肚子餓到不行，脾氣也愈來愈差，用力地放下加過七次水的水杯，要不是看在采雅的面子上，我早就走人了。

「對不起啦，茜！」采雅不好意思地說。

我氣得手往旁邊一伸，「你幹麼跟我道歉，該道歉的是那個傢伙！」

沒想到從我手指的方向，卻傳來一個男人的聲音，「不好意思，久等了。」老梗，連道歉都很沒有誠意。

這道沒有誠意的聲音，聽起來熟悉。

轉過頭一看，映入眼簾的人影，讓我只能說今天絕對是我最高潮迭起的一天。

這痞子關從火星回來了，還穿著銀灰色西裝，帶著正常的微笑站在我前面。當我們四目交接時，我驚訝了，他的眼神也閃過疑惑。

采雅站起身，連忙想要緩和場面，「沒關係，快坐吧！」

我們三個人坐了下來，我的眼睛不斷打量痞子關這傢伙，沒想到他不是鬼，活得可好了，而且居然有采雅這個大美女喜歡他，我還擔心他幹麼？白搭！

痞子關很有禮貌地帶著淺淺微笑，不再滿臉疑惑地看著我。我趁著采雅不注意，狠狠瞪了他一下，但他依然很紳士地對我微笑。

這一點都不像坐在麵攤跟我喝酒大小聲的人。

我正質疑他到底是不是痞子關的時候，采雅介紹著我們兩個，「這位是我的好朋友，她叫凱茜，他叫關旭，在工作上幫了我很多忙。」

也姓關，除非是雙胞胎，不然眼前這做作的傢伙，絕對是痞子關。

「妳好，很開心認識妳，我叫關旭。」他遞了名片給我。

我假笑著，單手接過，連看都不看就直接放在桌上，隨便應答一聲，「嗯。」

采雅用手肘頂了我一下，悄悄地對我說：「茜，快拿妳的名片啊！」

我搖搖頭，「我今天不是出來講公事的，沒有帶名片。」

「沒關係，我有。」采雅很熱心，從她的名片夾裡拿出我的名片遞給關旭，讓我整個很嘔。

我是高級傢俱業務人員，采雅是精品經理、小倫是行銷企畫、青青則是品酒專家，大家工作的領域不一樣，所以只要客戶有其他需要，當然都是介紹姊妹啊！

所以我們每個人的名片夾裡，除了自己的，還放了其他三個人的名片。

看到他接下名片，我心情超級不愉快，嘖了一聲，卻被采雅和他聽見，他們同時轉過來看我。

采雅趕緊對關旭笑著說：「不好意思，我朋友今天身體不太舒服。」

看到他，不舒服的是我的眼睛。「沒有啊，我很好，只是肚子餓心情不太好而已。」我用充滿中氣的聲音說。

這一句話，讓采雅著急地踩了我桌下的腳一下。她八成忘了自己穿的是高跟鞋，這一踩，我整隻腳都麻了。

「不好意思，我朋友個性比較直接。」她還忙著幫我講話。

他笑笑地說：「沒關係，第一次見面就覺得她個性很爽朗。」

嗯，這是自首嗎？

「嗯？」這句話讓采雅覺得疑問。

「看到凱茜就覺得她是個很爽朗的女孩。」他解釋著。

既然他不打算讓采雅知道我們見過，那我也不便解釋什麼，反正只有兩個字可以說明，那就是「過客」。

一頓飯下來，我什麼話都不想說，看到他跟采雅談笑風生，想到自己還曾經擔心過他的死活，我氣都氣飽了。

「凱茜，這裡東西不合妳胃口嗎？」聽見他這麼有禮貌的語氣，我真的很想吐，不合我胃口的人是你。

他愛裝，我就跟他裝到底，露出一個超燦爛的笑容，「沒有，很好吃。」

對於我突如其來的轉變，他先是驚訝了一下，接著又說：「我覺得凱茜有點面熟。」

「眞的嗎？」我能加入話題，采雅覺得很開心。

「不會吧！平常我也不出門，頂多都是到gay bar喝酒，還是你在gay bar看過我？不會吧！你也出入gay bar？」雖然上次是在阿豪的姊姊開的pub碰見，但看他這副德性，我很想挖坑讓他跳。

「我偶爾也去夜店喝喝酒，這應該沒什麼。」他回答著。

想要將他一軍都被他巧妙躲過。

采雅附和，「對啊，我們也會去夜店喝酒。」

他對我露出勝利的微笑，而我決定不和自己過不去了，再看到他，我剛才吃的肯定都要吐出來了。

「采雅，我還有事要先走了，你們慢慢聊。」我假笑著。

來不及聽采雅說什麼，也不理會他的眼神，我用最快的速度離開餐廳。

走在街上，這滿肚子氣只能用血拚來發洩了。可是連百貨公司都要跟我作對一樣，逛到腳痠，我卻沒看到任何一件想買的東西。

腦子又不斷想起他和采雅聊得起勁的畫面，眼神很溫柔，對我卻是白目到了極點。心裡那股不平衡讓我火氣更大。

幸好百貨公司離家裡並不遠，乾脆買了杯冰淇淋，邊吃邊走回家，消消火氣。

難怪女生都愛甜食，果眞是馬上讓人心情放鬆多了。

我吃完最後一口甜筒時，也接近家門口了。

昏暗的燈光下，我依稀看到有個身影倚在鐵門旁的柱子上，散發著從容不迫的氣息，那當然不是林君浩，而是關旭。

會用自以爲是名模姿態出場的，除了關旭沒有別人。

倒是他沒事站在那裡做什麼？不是應該正和朵雅繼續約會嗎？

我拿出鑰匙開門，無視他的存在，反正他剛剛不就打算裝作不認識我了嗎？那我也順著假裝之前不認識他。

他還是維持一樣的姿勢，雙手在胸前交叉，倚在距離我三十公分的大門柱子上。

他以爲我會停下來和他講話，但是我沒有。我用最快的速度開門、關門、上鎖。

「喂！」他在鐵門外大喊。

我氣得回瞪他一眼，喂什麼喂，我是沒有名字嗎？連開口罵他都沒有必要，我直接走進房子裡，希望接下來的日子永遠都不要遇到他。

滿身怒氣是打哪裡來的我眞的不知道。

可能因爲最近太擔心他的安危，不管我在做什麼事，腦子裡都不斷浮現出之前的畫面，我根本不知道自己爲什麼要擔心他消失，更不知道爲什麼要因爲他假裝不認識而生氣。

不認識最好不是嗎？

反正我們本來就不熟，要不是在夜店前的那一撞，我和這種人八竿子都打不著，更何況采雅這麼喜歡他。對我來說，他也只是「姊妹未來可能的男友」。

胡思亂想地洗好澡之後，在踏出浴室那一刻我已經決定，過去的那些事，就都當作沒有發生。

我們是今天才認識，因爲采雅而認識的。

我一直說服自己，有些事情是眞的發生過，但現在變成這樣，就讓它埋在心裡，一切回到原點，

這麼想之後，總算舒坦了一點。

拿起吹風機準備吹頭髮時，我的手機響了。

沒有意外，是采雅。

「妳還在生氣嗎？怎麼都不接我電話？」她打來爲晚餐的事情道歉，我覺得很過意不去，事實上那是我自己的問題。

「沒有啦，我剛剛在洗澡啊！而且早走是爲了給你們製造機會嘛。」

「是嗎？我怎麼覺得妳不太喜歡他？」采雅哀怨地說。

我是不喜歡他，但爲了好友還是得假裝一下，「可能是他遲到，讓我覺得沒什麼誠意吧。不過，妳自己喜歡最重要。」

「我是覺得他挺不錯的，而且對我眞的很好。上星期我去台北出差，都是他帶我到處逛的，不然以我這種開車技術，去台北可能生命不保。」

看采雅這麼開心，我沒由來地又一肚子火。他帶美眉到處逛，我卻三不五時經過他家就看燈有沒有亮，擔心他會不會陳屍在裡面，還跑去問警衛。得到的結果是警衛先生對他也不熟，因爲他也是新住戶。

我根本就是神經病。

采雅沒有聽到我的回答，又問了一次，「茜，妳在嗎？」

我趕緊回神，「在啊。」

「我以爲妳斷訊了，茜，其實有一件事我很掙扎耶。」

「什麼事？」

「聽同事說，關旭其實結過婚了。」采雅語氣裡有點失望。

聽到這件事，我則是有一點訝異。有女人要嫁他？那女人也太偉大了。但隨即想到，說「結過婚」，那意思是現在已經離婚了？

爲什麼要離婚呢？他並不像個壞人啊。

「現在離婚的人很多，我們這個年紀不也都只有這些跟宅男可以挑嗎？」我很實際地回答。

采雅笑了，「話是這樣沒錯啦，但我覺得心裡會有疙瘩在，結婚跟談戀愛不一樣，談戀愛只要雙方有感覺就可以了，但是結婚要能認定對方是唯一，對方是可以陪在身邊，牽著手走一輩子的人，那爲什麼那個唯一會不見了？」

聽著采雅的話，我眞的要說，世界上這麼單純的女人大概只剩下她了，「顧采雅小姐，『唯一』這件事，在現在這個社會，我們只能用兩個字來說，叫做奇蹟，懂嗎？哪個男人不是劈過來又劈過去，我們比誰都還清楚，不是嗎？交女朋友時劈腿，結婚後就不會劈，這是不可能。結婚前吃飯，結婚後肚子都不會餓了嗎？」

「茜，妳幹麼這樣打擊我啦！」

「我哪有，我只是比較實際。所謂的眞愛，我不知道它定義是什麼，對現在的我來說，一個人很好，眞的很好，有妳們我很滿足。可是我要告訴妳，人沒有完美，也許離過婚會給他帶來更多的思考，知道在婚姻裡面可以如何改進，這樣不是更好嗎？」

也許是內心深處我無法說服自己，那樣幫過我、陪著我的關旭是壞人，我只能散發著佛心，幫他講話。

「嗯，妳說得對，我會好好想一想的。」采雅笑著說。

再和采雅聊了一會兒，掛掉電話時，我的頭髮已經乾了，索性也不想整理，整個人爬進被窩裡縮成一團。

想起采雅說他結過婚，我的心情就像現在的姿勢一樣縮成一團。想起找不到馬克的那天，從他的表現感覺得出他其實是個溫柔的人。我的直覺告訴我，應該不是他想離婚的吧，那是爲了什麼呢？

我很愚蠢地想著這個問題，直到凌晨五點多才睡著。

爲什麼他離婚了？

答案是，我不知道。

我一定是瘋了。

沒事幹麼要去想關旭爲什麼離婚？那干我什麼事，我有必要想到睡不著嗎？現在好了，偏頭痛到不行，即使下午兩點多才起床，還是沒有辦法拯救抽痛的頭。

重點是，今天是結算每個月業績的日子，我必須在今天完成工作。

但頭痛讓我完全沒辦法思考，只想躺回床上好好待著，等這一陣又一陣的抽痛平靜下來。可是如果我沒在今天把數據交給馬克，他今天大概就不用下班了。

Msn上，馬克傳來訊息，「妳還好吧？」

「嗯，還沒死。」

「我知道，還會回話。」

忍不住在電腦前翻了個白眼，這小子情傷快好了，就開始損我。

但是我眞的頭痛到一個不行，連數據都沒辦法整理，就全傳給馬克。就當報答他三不五時損我的恩情，讓他忙死，沒有時間再來追問我和關旭的進展。

如果我把昨天的事情全告訴馬克，他大概會驚訝到下巴掉下來吧。

「妳這樣跟讓我不能下班有什麼兩樣？」馬克可憐兮兮地問我。

「我頭太痛了，得去買藥才行，不然就眞的要斷氣了。」

不讓馬克有回話的時間，我用最快速度登出msn，然後關機，拿了車鑰匙就衝出門。我得用最快的速度去買藥吃才行，偏頭痛已經引發耳鳴了。

發動車子、加速，現在我只想征服不聽話的身體。

到了藥局，買到藥就順便吃了。不然依照這種狀況，肯定是沒辦法再開回家的，我已經打算從我進到房子的那一秒起，要一直躺在床上睡個三天三夜才行。

夢。

我打著如意算盤開車回家，停好車子，卻有人在我即將進門的那一刻打破了我的美

「去哪裡了？」一道聲音在我背後響起。

不用回頭我也知道那個人是誰。

我想再用昨天那招門遁時，卻被他一把抓住。我討厭這種不禮貌的人，用力甩開他的手之後，我對他吼，「你幹麼啦！」

他那無辜小鹿的眼神又出現了，「沒有啊，找妳去散步。」

「神經病，我認識你嗎？想散步不會自己去嗎？」莫名其妙，他眞的是一個很奇怪的人，一下這樣子，一下那樣子。

「幹麼這樣，神經病也是人，也會無聊想散步的。」他假裝調皮地說著。

我腦子一閃，想起昨天采雅說他離婚了，我當下的念頭是：他應該很愛他太太，分手後很難承受，才會變成這樣。

我開始思索著，跟他去散步會不會是功德一件？

「喂，妳是不是在生氣？」他帶著微笑，一臉篤定地問。

我回過神忍不住苦笑，「哼，我爲什麼要生氣？你以爲你是誰？」

「我是關旭，昨天介紹過了。」

他絕對是我這輩子見過最白目的人，總是能激起我心性殘暴的一面，超想抓起來狂揍一頓。

我眞心希望，他離婚的原因不是因爲老婆受不了他的白目。

「喔，然後呢？」

「所以我不是神經病，而且我們認識。」一定要這樣東扯西扯來回答我的問題嗎？

「你到底要幹麼？」我已經氣到語氣冷淡了。

他看著我，過了一會兒才正經地說：「我不知道妳有沒有打算讓采雅知道我們認識，我也不知道要怎麼解釋我是怎麼在夜店碰到妳，還在旅館共度一夜的。」

「誰跟你共度一夜了？明明就睡不同房間。」我反駁。

「妳看吧，是不是很複雜，我也不知道該怎麼說。」他那臉上的五官明明很酷，爲什麼老是要這樣裝可愛？

我瞪了他一眼，「隨便啦，我們有沒有認識很重要嗎？」

「有！」他突然很認眞地點了點頭。

然後，我看著他，不知道該怎麼回答，但他強力的這個字，讓我煩躁的心情緩解了一點。

爲什麼我這麼介意他對我的看法？我開始莫名害怕自己心裡面突如其來的情緒。

就在這個尷尬的時刻，有人在我背後喊了我的名字。聽到這個熟悉的聲音，我背脊突然一涼，頭一低，這下子眞的是好玩了。

這個人是林君浩。

「我們可以談談嗎？」林君浩走到我旁邊對我說。

我嘆了一口氣，總是在非常時刻遇見非常問題，讓我非常不知所措。頭也不抬地轉身往公園的方向走去，這個時候，我不知道該用什麼表情來面對，尤其是關旭。

我一點都不想讓關旭知道這件事。

走到對面公園，我轉過身看著林君浩，眼神越過他，再看著距離我們不到兩百公尺遠，還站在門口的關旭。他也正看著我們。

我討厭這種感覺。

「爲什麼都不接電話？」林君浩開口的第一句話，竟是質問我爲什麼沒有接電話。

我覺得好笑，「爲什麼我要接你的電話？」

他無語。

我接著說：「你看不出我想要結束這一切的決心嗎？你老婆懷孕了不是嗎？你幹麼還要我接你電話？」

「茜。」他喊著我的名字，我竟覺得刺耳。

「你到底還要我怎樣？繼續那種讓我沒有自尊、沒有自我的生活嗎？我做不到，我眞的做不到，也不想再這樣了。」我已經慢慢走出來了。

我的世界可以沒有林君浩了。

他往前拉著我的手，「凱茜，妳知道妳對我來說很重要！」

我想掙開，但他卻握得好緊。我更生氣，「重要的話，你會丟下我去娶別人嗎？林君浩，你眞是夠了。放開我，我們各過各的生活。」

「凱茜，妳聽我說……」

「閉嘴！我什麼都不想聽，你放手、放手！」我愈掙扎，他就抓得愈緊。

「老公。」

一道聲音，中斷了我們的爭執，也讓林君浩鬆開了手。

討厭的劇情，總是在現實生活中不斷上演。爲什麼我的人生要變成這種既可笑又無奈的八點檔爛戲？

他太太小心翼翼地走過來。嬌小的身材，依偎在他旁邊眞是好一幅人人稱羨的畫面，對我這種高個子來說，是一輩子都不可能出現的景象。

林君浩的表情，像是偷吃糖的小孩被抓到，他愈心虛，我就愈想放聲大笑。

我沒必要忍受這種場面。

打算轉身離開時，他太太叫住了我，「何小姐。」

我停住了。她走到我面前，眼眶紅紅地對著我說：「我想跟妳道歉，當初介入你們是我的不對，對不起……但是我和君浩已經結婚，現在又有小孩了，可以拜託妳不要再打擾我們的生活嗎？」

這一番話，眞是將我折磨得徹底。

我頭暈目眩，不知道該回答什麼。我什麼都不想回答，只想離開這裡，我受眞的受夠了。

弱者會被同情，是從以前到現在不變的眞理。

現在這樣看起來，他太太把弱者這個角色表演得淋漓盡致。

這種戲碼我一點都不想參與，打算離開。腳才往前踏一步，她就硬生生在我眼前跪了下來。

跪在我面前。

我嚇得往後退兩步，林君浩趕緊把她拉起來，但她卻不願意，依然跪在地上，哭著對我說：「我求妳，妳和君浩之前的事，我可以裝作不知道，但是現在不一樣，有了小孩，我不能再裝傻了。」

「品雯，妳不要這樣。」兩人拉拉扯扯，在我眼前上演悲情戲碼。

原來，壞人都是我在當。

而她情緒激動到在我面前暈倒了。

我努力武裝自己，卻也在那一個瞬間崩塌。從腳底竄上來的冷意，讓我的世界失去了溫度。

我僵硬地站在原地，看林君浩慌張地抱著她、喊她，沒看我一眼就從我面前離開。突然之間，我開始憎恨起自己。

何凱茜，妳終究還是把自己扔進了地獄。

「妳沒事吧？」關旭跑到我面前，我想，剛剛那一幕他看得很清楚吧！這不禁令我心慌。

我有事，就快要不能呼吸了，跌倒的那一幕讓我手腳開始冰冷，可是卻一個字都說不出來。

關旭突然間把我拉到他面前，臉上焦急的表情我看得一清二楚，「妳臉色很蒼白，到底有沒有事啊？」

我甩開他的手。看到他關心的表情，我會掉眼淚。我不想那樣，我憑什麼哭？

今天所有的事情都是我造成的，明明知道林君浩結婚了，明明清楚我們之間不可能，我爲什麼還放任自己待在那樣子的關係裡？

萬一她出什麼事，我要負上最大責任。

「不干你的事。」我轉頭離開。

「喂！」他又衝到我旁邊拉住我，「妳明明就想哭，爲什麼老是要忍住？連面對自己的心情，妳也沒有辦法坦率嗎？」

他的一句話，又把我好不容易建立起來的僞裝打擊得體無完膚。

「你管我哭不哭，你幹麼管我？我自己的心情我自己會管，干你什麼事？干你什麼事？你說啊！干你什麼事？不要管我，不要管我！」我發了瘋似地在公園裡大吼。

我憑什麼？我這種人憑什麼哭訴？

他冷靜地看著我，語氣很平常，「明明這麼難過，爲什麼不說出來？」

我再也受不了，整個人跌坐在地上狠狠地大哭，像是要把心臟哭出來一樣，如果可以哭出來，我眞的不想要再心痛了。

關旭蹲在我旁邊，什麼也沒說，只是摟著我的肩，輕輕拍打著。

一分一秒經過，我只是不停不停地宣洩著。

到最後，我已經分不清楚到底是宣洩還是崩潰。

等我回過神，我已經坐在住處的客廳裡。看了看時鐘，原來我恍神將近三個小時，也哭了快要三個小時。

而關旭就坐在那裡，看著海綿寶寶，不時大笑出聲。

我看著他，心情慢慢地平靜安穩下來，腦子裡想的不再是我和林君浩之間的事，而是擔心他老婆是不是安全，還有她肚子裡的小生命會不會因爲我而出了什麼差錯。

不好的揣測，讓我全身僵硬。

「妳肚子餓了嗎？」他問我，但視線依然盯著那塊海綿。

我清了清喉嚨，聲音沙啞地說：「我不想吃東西，你回去吧！」

我不曉得他爲什麼要留下來，也許是可憐我、也許是同情我，不管眞正的理由是什麼我都不想知道。我只知道，不管什麼理由，他都不需要待在這裡。

陪著一個這麼令人憎惡的我。

「我們去吃牛肉飯好了。」他無視我的回答，自顧自地說著。

我沒有回答，因爲全身已經沒有力氣了。

他拉著我上車，帶著我去吃飯，自作主張決定我要吃什麼，即使最後我只吃了兩口，他也沒說什麼。

回到了車上，他買兩杯咖啡，遞了一杯給我，接著問：「妳現在想去哪裡？」

「我想回去。」接過咖啡，我淡淡地說。

他發動引擎，只說了一句：「如果妳是眞心想回去，我就送妳回去。」

我以爲平靜下來的心又再次翻騰。我知道自己還有更想去的地方，爲什麼這個奇怪的男人，總是可以一眼看穿我？

沒有回答，硬撐著我自以爲是的倔強。

這幾年來，我已經習慣讓自己面對一切的磨難，就像他講的，你永遠不知道老天爺會給你什麼東西。

但我也只能選擇接受它。

這樣的局面，從我開始，就讓我來結束吧！

快回到家時，我放棄了自以爲是的堅持，對關旭說：「我要去醫院。」

他點了點頭，也沒問我爲什麼，就帶我到附近的醫院一間一間詢問，跑了第四間，終於找到林君浩和他太太在的醫院。

問到病房之後，我站在門口，卻一步也不敢往前。我只知道自己應該來這裡，但來這裡該做些什麼，我完全沒有頭緒。

倒是關旭自己開了門，推著我往前走，和我進到病房。

正在餵妻子喝湯的林君浩看見我，一臉複雜，但我沒有心情關心他的情緒，我看著臉色蒼白的她。這樣的關係，讓我們兩個都受了重傷。

女人何苦為難女人，這句話在此刻我感同身受。

「我有些話想單獨和妳說。」我小心翼翼，很擔心她又因為我受到刺激。

她對我點了點頭，看了林君浩一眼，關旭和林君浩隨即從病房離開。

我看著她，突然緊張了起來。面對不忠實的愛情，我們兩個都是罪人，但從現在開始，我要拋下罪人這個包袱。

「妳還好嗎？」也許她聽起來會覺得刺耳，但我是真的擔心她。

她虛弱地微笑對我點了點頭。

她居然對我微笑，這和我當初設想的場面有些差別，看到她的笑臉，我內心好激動，也回給她一個誠懇的笑容。

我們在彼此眼裡看到微笑的自己，而在這一剎那，我們都釋放了彼此。

「對不起。」她先對我說了這三個字。

也許我曾經憎恨過她介入我的感情，但在林君浩婚後，換我成為介入的角色時，我才發現這有多痛苦。

我搖了搖頭，流下眼淚，「我很抱歉，從今以後，我不會再和他見面了，絕對不會。」

這是我唯一能給的保證。

我走出病房，看到林君浩和關旭一人站在一邊，沒有任何猶豫，我直直地往關旭的方向走去。

林君浩從後面叫住了我，「凱茜。」

我深呼吸，轉過頭去，只對了他淡淡說了一句，「她才是你眞正應該要照顧的人。」

他看著我，我看著他，一切都會結束在這個時候。當我轉過身去，我和他就只是陌生人，連見面都不需要打招呼的陌生人。從今以後，我會完完全全退出他的世界，而我的人生，他再也不會存在。

轉身，讓這一切都結束吧！

坐上車子之後，我意外地心情非常平靜，這一陣平靜，讓我開始懷疑自己對林君浩的感情到底是什麼，是愛，還是依賴？

心裡沒由來湧上一股酸澀，這像是跑著無止境的馬拉松，跑到呼吸困難、全身痠痛，到頭來比賽無效是一樣的，因爲我根本沒有參賽資格。

不管如何，這過程雖然不完美，但我盡量畫上圓滿的句點，這麼一來沒有任何遺憾了，我想。

眞的不要有遺憾，也不要造成任何遺憾。

我和林君浩，結束了。

看著窗外熟悉的台中市街道，心情輕鬆了不少，倒是我不明白，關旭爲什麼老是在台中市區晃，這一晃已經過了一個小時。

我深呼吸一口氣，轉過頭去看著他，「你是在製造碳排放量嗎？爲什麼不回家？」

他嘟著嘴，視線依然面向前方，然後淡淡地說：「妳管我。」

我狠狠地打了下去。

「那你停車，我自己搭車回去。」看在他陪著我東奔西跑的分上，我盡量不要對他生氣。

他又若無其事地說：「我不要。」

「那到底是要去哪裡？很晚了耶！」折騰了一天，現在事情解決了，我累得只想癱在床上睡覺。

「去兜風。」他說。

我嘆氣，「我並不想在凌晨一點多幹這種事。」

他根本不理我說的話，自顧自地說：「可是方向盤在我手上。」

好，我投降，他眞的是個超級怪人。懶得再理他，轉過頭去繼續欣賞街景，昏黃的燈光籠罩著街道，這個時間，街上已經沒有什麼人，冷清又帶著寂靜，可是我卻好喜歡這種孤獨的感覺。

有人說，當你喜歡孤獨時，你就戰勝全世界的寂寞了。

我忍不住笑了，也許在忍受寂寞這方面，我是個大贏家。

我突然發現，一直在街上晃來晃去地「兜風」，是關旭表現溫柔的方式，也許怕我寂寞、也許怕我孤單，也許他已經猜測到事情的發展，擔心我自己一個人會無法承受，所以以兜風的名義開著車到處晃，陪我散散心。

爲什麼這麼討人厭的他，總是給我好多溫暖？

「爲什麼你都不問我？」我說出自己的疑問。他從不問我到底發生什麼事，只是這樣陪著我。

他挑了挑眉，「問妳什麼？」

「今天發生的這些事。」

「妳有妳的隱私，我不方便問太多。」他用帥氣的臉說了這句帥氣的話，著實加分不少。

我點了點頭，想著到底要不要跟他解釋。可是我爲什麼要跟他解釋，而他又爲什麼需要知道這些事？

在我思索該不該開口時，他卻說了，「光看也知道發生什麼事，前男友娶了別人，老婆和前女友大對抗。」

我狠狠瞪了他一眼，如果不是他在開車，我一定揍他。心裡知道就好，有必要說出來嗎？

「幹麼這麼凶？反正都過去了，妳處理得很棒啊！」糗了人之後，又給人一顆糖，跟他講話眞的很像在坐雲霄飛車。

我實在被他打敗。

「爲什麼你總是瘋瘋癲癲的？」我說。

他帥氣地撥了撥頭髮，「我只在信任的人面前瘋癲，妳該慶幸。」

我只能說，受不了！這樣的自戀，我受不了。

「其實妳是一個很好的女人。」他突然正經起來。

我看著他，忍不住笑出來，他眞的是個很特別的人。

然後我想起了昨天晚上失眠的理由，因爲我一直在想關旭爲什麼離婚。我想問他，但是卻開不了口。

做了好久的心理準備，開口問出第一個問題卻是，「對了，爲什麼你住在隔壁？」

「為什麼不能住在隔壁？」他又來了，欠揍的回答。

我忍不住出手，往他手臂狠狠地打了一下，「你一定要這樣回答嗎？你以為你十八歲，還在叛逆期嗎？」眞是欠揍。

他一手握著方向盤，一手撫著被我打痛的手臂，然後大笑，笑得非常誇張，笑得眼睛彎彎的，我突然覺得他很有魅力。

我瘋了嗎？

「笑屁啊！」我生氣地說，順便否認自己那一瞬間的迷惑。

「妳有時候眞的很可愛。」他突然間誇讚讓我非常不習慣，臉上躁熱了起來。

「神經！」我說著，試圖想讓自己臉上的溫度回復。

「因為工作的關係，我常常台北台中兩地跑，老是住飯店太麻煩了，這裡離台中分公司還滿近的，而且我小時候就住台中。」

原來是這樣啊，難怪總覺得他對台中街道這麼熟悉。

「妳該不會以為我跟蹤妳吧！」他說。

曾經那短短一秒的想法被他猜中，我眞是丟臉到了極點，趕緊若無其事地說：「我才沒那麼無聊！」

但他好像不是很相信我講的話，自己一直在那裡偷笑，看了實在很火大。完全不想理他，我轉過頭去，發誓我要是再理他，我就不叫何凱茜。

沒想到他突然在路邊停車，一言不發地下了車，過了兩分鐘後，拿了一盒高級冰淇淋回來遞給我。

「幹麼？」我問。

「給妳消氣用的。」他說。

我看著他手上的冰淇淋，是我最愛的草莓口味。今天眞的好累，想吃一些甜點給自己一點安慰，沒骨氣地伸出手接了過來。我今天不是何凱茜。

我吃著冰淇淋，看著窗外，暗暗嘲笑自己的沒志氣。

「好吃吧。看到妳冰箱裡放了很多草莓牛奶，妳應該喜歡草莓吧！」

我維持相同的姿勢，沒有回頭，但點了點頭。雖然他有時候眞的白目得讓人想要扁他，可是他偶然的貼心，也眞的讓人感動到無言。

沒有回頭，是我的最後一道防線，我開始覺得大事不妙，心裡對他的好感已經無限制地急速上升，對他的感覺，好像起了些變化。

這樣眞的不行！

這時候，關旭的電話響了。

「哈囉，采雅嗎？這麼晚了還沒睡？」他說著。

我聽見采雅兩個字，心突然一驚，震了一下。這是一種心虛的感覺，耳中自動過濾他們的對話，我不想聽到。

過了一會兒，他掛掉電話。

「明天要和采雅去吃飯，妳要一起來嗎？」他問著。

我轉頭看他，突然覺得有一點難過，雖然不知道那難過從何而來，「不了，你們去就好了。」

剛好車子也開到家門口，簡單說了聲謝謝，我打開車門，用最快速度進屋裡去。手上沒吃完的冰淇淋融化了，就像我一樣。

我把融化的冰淇淋放回冷凍庫，回到客廳癱在沙發上，燈也沒開，什麼都不想做，把自己放在黑暗中，才開始有了安全感。

聽著牆上時鐘「答、答、答」規律的聲音，我才慢慢平復，平復剛剛那顆幾乎要被融化的心。

深呼吸好幾口氣，準備上樓梳洗時，我的手機就響了，看著螢幕來電顯示，是采雅。

然後，我腦子裡浮現的念頭是不想接。

這是我們認識十幾年以來第一次，我討厭起自己，討厭自己居然會有這種想法，對采雅產生了很深的愧疚感。

最後仍然趕緊接了起來，恢復正常的何凱茜和采雅對話，「哈囉！」

「茜，妳睡了嗎？」采雅一貫溫柔的聲音在我耳邊響起。

「還沒，才剛想要去洗澡。」

她在電話那頭支支吾吾地說，「我跟妳說，我決定了……」

「決定什麼？」

「我還是想要努力看看，因爲我眞的滿喜歡關旭的，他眞的很不錯。」她一股作氣地把話講出來。

我在電話這一頭，被采雅突如其來的告白驚嚇著。

她繼續說：「雖然他結過婚了，但我還是不想放棄。」

第一次看到采雅這麼積極主動地喜歡一個人，一直以來，溫柔可人的采雅從來沒有主動說過她喜歡誰，總是要發展到一個比較穩定的程度時，才會告訴我們她的新戀情。

也許因爲對象是關旭吧！遇見一個特別的人，采雅也變得不一樣了。

「茜，妳在聽嗎？」

我回過神趕緊回答，「嗯，在啊！」

「妳覺得呢？」她問我的意見。

我忽視自己幾乎融化的心情，假裝開心著，「很好啊！只要妳自己好好思考過，我都支持妳。」

「嗯，好緊張喔！我明天約他要去吃飯，妳要陪我一起去嗎？」

「不了，我明天要進公司，已經兩個星期沒去了，你們玩得開心一點。」

「進公司？可是林君浩不是還會去找妳嗎？」她很擔心。

「結束了，我們以後不會再有關係。」

采雅在電話裡開心地笑了，「太棒了，一定要好好找一天幫妳慶祝一下。」

我感受到采雅的眞心，也知道她們其實一直都爲了我和林君浩牽扯不清的關係擔了很多心。

掛掉電話後，原本想去洗澡休息的心情沒有了，只能坐在沙發上發呆，想著今天發生的一切。

沒多久，手機又響了，猜想采雅可能還有些話想說，看也沒看就接起了手機，沒想到卻傳來一句，「妳冰箱有些東西過期了，不要傻到吃掉了。」是關旭。

想起采雅的臉，我壓抑融化的心情，生氣地回答：「干你屁事！」

接著掛掉電話，然後關機，采雅當初不應該把我的名片給他的。

如果可以，我想祈禱這一切到此爲止，我必須要調整好自己的心情，支持采雅。這是當朋友的義務。

爲了調整心情，我又失眠了。

看著天微微轉白，我的思緒並沒有因此而逐漸清晰，我只知道，不管我心裡那些感覺是什麼，我都要假裝不知道。

早上八點，勉強自己吃了一片吐司，喝了杯牛奶，整理好這幾天在家裡工作的資料，把自己妝點得像何凱茜，準備到公司去。

打起精神是我現在最應該做的。

準備開車去上班時，突然看見對面公園站著一個女生，視線往我這個方向望著。會注意到她，是覺得她有一點面熟，我可以肯定我看過她，但在哪裡見過就不太記得了，也不知道她爲何動也不動地望著這裡。

我想，我們並沒有什麼交集，可能是在某些場合碰巧遇過吧！

上了車，我把手機開機，不到一分鐘迅速地傳來聲響。

我有一通未接來電和簡訊的鈴聲。顯示了昨天最後打電話給我的那個號碼。我無視它，也無視我波濤洶湧的心情。

進公司之前，我到了家裡附近的便利商店買了一杯咖啡和一份報紙，就坐在玻璃窗前設置的桌椅上，喝著咖啡，看著報紙，打算晚一點再進公司。

我專注地看著報紙上那起起伏伏的曲線，雖然我沒有玩股票，但觀察股票是一個專業業務人員的功課，你可以知道客戶現在的心情是紅還是綠，什麼話該說什麼不該說，光看這些線就可以知道了。

我看到台股衝上八千點，內心正在雀躍不已，櫃檯傳來爭吵的聲音，愈來愈大聲，我忍不住轉過頭去看。

正在和店員起爭執的女生，竟然是剛剛站在對面公園的那位小姐。我對這個巧合感到意外。

「小姐，不好意思，這眞的不能微波。」店員垮著臉說。

那位小姐甩著波浪長髮，側面的五官立體，修長皎好的身材，全身名牌的穿著，漂亮是漂亮，卻掩飾不住她全身散發出來狂傲無禮的氣勢。

鐵罐怎麼能波微？這是常識，連我這種不會煮飯的人都知道。

「那要怎麼處理，我就是想喝熱的。」她跋扈地說著。

店員支支吾吾說不出話來，年輕的工讀生妹妹遇見潑婦罵街，也很難應付吧！

我才剛有念頭想起身罵這個女生時，她居然用力地把手中的鐵罐咖啡往地上砸，又隨手丟了一千塊在地上，像旋風一樣離開。

眞是世道不好，瘋子很多啊。

看著工讀生妹妹眼淚掉出來的樣子，也眞是委屈她了，可能最近沒有拜拜吧！

我準備把注意力挪回到報紙的內容。拿起手中的咖啡啜了一口，視線由玻璃窗看出去，看到那個女生，站在車旁邊講電話，表情依然很殺。嘖，眞是可惜了她漂亮的五官。

突然之間，原本看著報紙的我，又抬起頭看著對面街的那個女生，想起了爲什麼會覺得她面熟。

因爲我曾經在這個角度看著她打了男人一巴掌。

我笑了笑，這種莫名其妙的記憶力，我比任何人都強。

我端著咖啡，腳都還沒踏進辦公室，馬克就很狗腿地衝出來抱著我，還呼喊我的名字，「茜，妳來啦！」

馬克身上穿著一件附有墊肩黑色襯衫，下半身又配著緊身雪花牛仔褲，戴著一頂灰色畫家帽，他的美式雅痞風走得有點偏啊！

「你幹麼把菸塞在肩膀裡？」我忍不住問。

他嘟著嘴說：「妳幹麼這樣？這是新流行耶。」

聽到他說到流行時，我就準備要換話題了，一講到流行兩個字，他的話比誰都還多，而且很難打斷。

「我昨天請你整理的那些表格，你弄好了嗎？」

他聽到公事馬上恢復正常，「茜，哪有那麼快啦！妳丟了一堆合約都沒整理，我還要先整理好，也不想想妳多久沒有進公司了。」

「你現在是怪我的意思嗎？」我淡淡地說。

他馬上閉嘴，「哪有！妳回公司我開心得不得了。」

很喜歡和馬克抬槓，讓我有眞正活著的感覺。和他一起走回辦公室，先迎面而來的是老闆。

「凱茜？妳終於回來了！妳知道有好多事情都得等妳處理嗎？謝天謝地。」老闆誇張的表情，好像看到媽媽一樣。

我淡淡地點了點頭，如果什麼事都等我才能處理，我離職的話，公司應該會變得很精采。

接著就看到仇家也來湊熱鬧，一臉不悅，「凱茜，妳肯回來啦！我想全台灣最大牌的員工大概也只有妳了。」

我看著她的臉，得到一個結論，爲什麼全天下的老闆娘都這麼討厭？

「能用我這麼大牌的員工，公司也很有福氣啊！」想挑戰我，她眞的是大錯特錯。我這個人吃軟不吃硬是全世界都知道的事，可她就偏偏愛惹我，我眞的不懂。

老闆看到我臉色不對，馬上把老闆娘給帶走，「好，不吵妳工作了，妳先忙！」

嘖，眞是莫名其妙。

懶得理他們，我開始處理手邊的工作事務。沒想到更白目的人又來了，我是朋友間公認脾氣最差的人，這點我承認，任何看不順眼的事，都能瞬間點燃我的怒火，但年紀愈來愈大，我都會盡量克制，卻偏偏就是有這麼欠揍的人。

「茜，妳和關旭都沒有聯絡嗎？」馬克很八卦地跑到我耳邊問。

那股強壓下去複雜的情緒再次一湧而上，我狠狠瞪了馬克一眼，他只好摸著鼻子回到自己座位上。

接下來的時間，我已經不知道自己在做些什麼，想起來的，都是晚上采雅和關旭要見面的事情，心裡糾結了一下，再告訴自己不要亂想。這兩種矛盾的心情就這樣交錯，轉眼間又到了下午。

我完全沒有心思工作，只好提早離開公司，也不想回家，想到他可能就在隔壁，又開始心浮氣躁，只好開著車到處亂晃，腦子裡卻又不停想著昨天關旭陪著我到處找醫院時，那張帥到欠扁的臉。

沒有目地地晃著晃著，手機鈴聲突然響了起來。

手裡的方向盤抖了一下，腳踩著油門差一點失速，如果是關旭打的，我要接嗎？響了好一會兒，我在接與不接之間猶豫。

最後，我還是按下了藍芽耳機按鍵，傳來的不是關旭的聲音，但也夠我心慌意亂的了。

「妳在忙嗎？」采雅問。

我用最快的速度整理好自己，「沒啊，我在開車。」

「怎麼辦？我可以跟妳發洩一下嗎？」她的語氣聽起來很焦躁。

「當然，請。」

「我好緊張，根本不知道要穿什麼衣服。妳說我穿上次我們在日本買的那套粉紅色洋裝好，還是前一季週年慶買的白色套裝？我完全沒有頭緒，第一次這麼緊張，妳說怎麼辦嘛？」

眼看采雅化身爲十八歲少女，我還是暫時拋開自己混亂的情緒，忍不住笑了，「我眞的會被妳打敗，上次看妳這麼緊張，是第一次要爭取代理權，都五年前的事了。」

「唉，我也不知道為什麼會這麼緊張。第一次和他單獨見面，我緊張到整個胃都要縮起來了。」

「穿白色那套，很正。」我說。

「好，聽妳的，妳的建議最中肯了。」我從宋雅聲音裡聽見笑意。

掛掉電話後，胃縮起來的人是我，但我選擇放空，依舊開著車到處晃著，卻開回到原本住家的樓下，看著八樓發呆。

原本是屬於我的地方，現在卻是她在那裡。

高中畢業後，不管是開心還是難過，我總是自己一個人待在這裡，偶爾獨自舔舐傷口。而現在我感覺徬徨，潛意識裡終究還是想要回到最熟悉的地方。

我坐在車上持續放空，看著大樓裡認識或不認識的鄰居進進出出，我真的想念這個讓我安心的家。

這裡充滿了種種開心的、痛苦的回憶，突然覺得，也許是思念太過氾濫，那些原本想要遺忘的部分，都成了我難以割捨的記憶。

忽然間，我看到母親從門口裡走了出來，依舊打扮亮麗，全身貴氣地坐上了計程車。看著她光鮮的背影，我的心情更加浮躁，等計程車開遠，我下了車，回到那個屬於我的地方。

拿出備用鑰匙開門的那一刻，我的眼眶發熱，鼻間裡泛著些酸，我眞的想念這裡。

屋子裡的傢俱和擺設都沒有改變，唯一不一樣的，是她留下來的氣味，她最愛的香水味道，從我有記憶到現在，從來沒有換過。

她專有的香水味，已經很久沒在這間房子出現，記得小時候，同學總是羨慕我有一個隨時隨地散發香味的媽媽，但在她離開之後，那些同學就再也沒有提過這件事了。

人總是喜歡被羨慕的，不是嗎？

我坐在自己專屬的紅色懶人椅上發呆，祈禱她不要太早回來，我想多汲取這間屋子帶給我的溫暖。

這個時候，我只想自己一個人。

用自己習慣的姿勢，全身窩在沙發裡，臉蹭著滑順的紅色麂皮，這是我最感到放鬆的動作，能讓我安心。

蹭著蹭著，我的眼淚終究還是流下來了，因爲我的心在瘋狂吶喊，那感覺是眞實存在的，對關旭的動心，我逃避不了，即使再怎麼克制、再怎麼無視，那感覺還是深深地刻在我心裡。

我默默地哭著，心裡幾萬種情緒在翻騰，如果可以，我眞的希望自己的心在和林君浩結束那一刻起也跟著停下來，這輩子都不再對誰動心。

可惜的是，來不及了。

我只能陷在痛苦裡，眼睜睜看著他和采雅幸福快樂，一輩子隱藏自己的感覺。祝福，這是我唯一能做的。

不知道流了多少眼淚之後，我睡著了。再醒來時，看看時鐘，已經是傍晚七點多。擔心她很快會回來，我趕緊起身打算離開，卻在慌亂之際，撞到一旁的小桌子，桌上的東西被我這一撞全都掉了下來。

我心煩意亂地看著一地的散亂。

急忙將地上的東西撿起來，卻意外看到一本厚重的白色記事本，還有一些我的照片摻雜其中。

看著手中我小時候和她的合照，心裡揪了一下。在她離開後，我就把這張照片給撕爛丟掉了，沒想到她居然還保留了一張。

我不懂她爲什麼要這麼做。

手裡還有幼稚園到高中時我的畢業照，和其他相片。看著看著，發現自己沒有辦法思考。

我拿起白色筆記本，猶豫著要不要翻開它。

人生在面臨許多選擇時，最需要的就是勇氣，一股勇於接受任何後果的勇氣。

我翻開第一頁，上頭寫的時間是去年的農曆過年。

「又是過年了，不知道有沒有人陪凱茜吃年夜飯？會不會有人幫她煮她最愛吃的麵線呢？」

看了，我忍不住苦笑。

接著翻開第二頁。

「今天逛街，看到了一個紅色包包好適合凱茜，她從小就最喜歡紅色，別人都想穿著白色衣服當公主，她卻說她不喜歡當公主，她要當何凱茜，我的女兒眞讓我驕傲，凱茜，妳好嗎。」

旁邊貼著我幼稚園公演表演跆拳道時的照片，照片裡的我，穿著她特地為我訂製的全台灣唯一紅色道服。

我摸著照片，視線開始模糊，我知道不能再看下去，因為心中堅持的某些東西正在瓦解。

但是雙手還是不由自主地翻了下去。

第三十二頁，時間是上個月。

「我好想念凱茜，即使她不願意見我，我還是想念她，這幾年來，總是要從小倫的媽媽那裡，才能輾轉得到她的消息。傳了我要回台灣的簡訊給她，雖然沒有收到任何回音，但我還是要去，要去見我的女兒了，我想念的女兒，不知道想念過我嗎？」

我沒辦法再看下去，把東西放回原位後，用最快的速度逃離那裡。

然後，我在車上放聲大哭。

就算我每次換手機，她都有辦法找到我，原來是因爲小倫的媽媽告訴她的，她一直從倫媽媽那裡得到我的消息。

這算什麼？這到底算什麼？

拋棄了我跟父親之後，爲什麼又要做這些事？在她離開了母親的位置之後，又以母親的姿態生活著。

我眞的好想放聲大笑，可惜眼淚淹沒了一切。

這是自以爲是的母愛嗎？自以爲是偉大的母愛嗎？那我算什麼？我成了什麼？

我眞的很想問，爲什麼到最後總是我變成了壞人。

不知道自己在車上哭了多久，只記得打了電話給馬克之後，人就坐在這裡了，桌上擺著我喝完的空瓶，但怎麼喝都塡不滿我內心的空虛。

「茜，妳是怎麼了？怎麼都不說話猛喝酒？」馬克帶著他的新歡Jay來陪我。

我搖搖頭。

有些事情，是這一輩子都講不清楚的。

我和她的問題無解，無解的原因，只是在於血緣上我們有一層關係，那一層可笑又不切實際的關係。

但這層關係，也就只是無謂的牽絆而已。

叫來了服務生，我又點了一瓶威士忌，現在唯一想做的，就是喝到不省人事，去他的關旭，去他的親生母親。

去他的討厭人生，我眞的討厭！

如果可以，我希望那天不要遇到關旭，如果可以，早在我父親離開我之後，我就應該徹底離開這個地方，離開父親留給我的房子。

那麼我就可以完完整地脫離這一切的一切。

「茜！」馬克坐到我旁邊，把我手上的酒拿下來，「妳再這樣，我就要打給小倫和釆雅了喔！」

聽到釆雅的名字，我整個人醒了過來，大叫著：「不准！不准打給釆雅。」

聲音大到全部的人都轉過來看我，但我不在乎。

現在她應該很開心地在和關旭吃飯，很開心地和關旭聊天，綻放她美麗的笑容。

我搶回我的酒，又忍不住喝了一杯。

「茜，妳到底怎麼了？這樣我很擔心耶！」

「什麼都不要問，只要陪我喝酒就好。拜託，什麼都不要問。」我虛弱地說。

什麼都不要問，我的眼淚已經承受不住，又從眼角滑落。

馬克被我嚇到，趕緊拿衛生紙給我，摟住我，「好好好，不問，我不問。」

我又繼續喝著酒，打算今天一定要把自己灌醉。

卻不知道爲什麼愈喝愈清醒。「這是假酒嗎？爲什麼都喝不醉？」我忍不住哽咽。

「茜，妳別這樣，妳已經開第三瓶了，這樣對身體不好。」

我沒理他，繼續往嘴裡灌酒。

「妳和林君浩不是都結束了嗎？還有什麼事情讓妳這麼難過？」馬克問。

有，我很難過。

我很難過，自己居然對關旭有了感覺。

我很難過，自己以爲冷血的母親，對我充滿了溫度。

我很難過，自己爲什麼這麼痛苦，可是卻一句話都說不出來。

我看著馬克，只能猛掉淚。眼裡看到他，他焦急的表情掛在臉上，卻對我無能為力，我們總是在某些時候感到無力。

不知道自己喝了多少，意識依然清楚，馬克的臉卻在我眼前搖晃，「茜，妳眞的喝太多了，我先送妳回去。」

「不要！要走你們先走。」我不想回去。

「妳這樣很危險，還是我叫關旭來陪妳？」

聽到他的名字，我整個人完全不能控制情緒，對著馬克大吼：「蘇俊男！你打給他試看看，我們以後就是仇人。」

「茜！」

「不要叫我！你什麼時候跟他那麼熟？」馬克不是我的朋友嗎？什麼時候連關旭的電話都有了。

「好啦，妳先不要生氣，那天去妳家之後就互相留電話啦，他白天才剛打電話給我，說妳好像心情不好，有空要陪妳這樣。」

哈！眞是太好笑了。

他有需要這麼做嗎？有需要這麼關心我？爲什麼要這樣？我眞的不懂。

我困惑，弄不懂他們的所有行爲。

「不必了！」我說。

「茜，妳和關旭是不是發生麼事了？」馬克小心翼翼地問著。

我苦笑了一下，「沒有！我跟他又不熟，你想太多了。」拿著桌上的包包，連跟馬克在一起都還要聽到關旭兩個字，我受不了。

二話不說，我打算離開，不管馬克怎麼叫，我就這樣頭也不回地走了。

走了一個林君浩，來了一個關旭。

我無奈，上天盡是給我一些我不能擁有的東西。

如果可以，我眞想去一個沒有人認識我的地方，獨自生活，不必隱藏自己情緒，讓自己坦率地活著。

我眞的好想好想。

開著車子不停地在街上晃，停在路邊吐了好幾回，直到自己眞的筋疲力竭，才甘心回家。

我停好車，踩著不穩的腳步，打算進家門時，關旭從後面拉住我的手。

「妳眞的很想搞死妳自己是不是？」他大聲說。

他焦急的表情映在我眼裡，我只覺得疲憊。

甩開他的手，沒有理他，我拿著鑰匙準備開門，然後他又把我的鑰匙搶走，完全惹毛了我。我只想躲開他，這樣也不行嗎？爲什麼一定要這樣逼我？

「你幹麼啦？」我瞪著他說。

他臉色比我更難看，「我才要問妳幹麼！不跟我和采雅去吃飯，把自己喝得醉醺醺是怎樣？」

「干你什麼事？你幹麼那麼愛管我，你眞的很怪，很莫名其妙耶，我跟你很熟嗎？」我把鑰匙搶了過來，他又再度把鑰匙搶走。

「我這個人就是莫名其妙。」說完就走到我前面，開了門，自己走進去。

望著他走進房子的背影，我眞的好無奈，老天爺到底要我怎樣？

走進客廳，我把包包胡亂往地上一丟，整個人癱在沙發上，看他在廚房走來走去。

可以不可以不要讓我習慣他？

剛才在路上吐了好幾回之後胃就開始痛，可能是今天一整天沒有吃東西，又很久沒喝那麼多酒，所以才開始發作。

他從廚房走出來，手裡端了一盤食物，放在我面前，「妳眞的很沒有良心，我去吃日本料理還幫妳外帶，結果妳把自己搞得這麼臭就算了，還臉色發白。」

看著我最喜歡的壽司，這一切已經讓我沒有辦法承受了。

我忍著眼淚說：「我不想吃，你回去。」

他坐在我面前，打開電視，頻道又調到那塊黃色海綿，然後接著說：「妳吃完我就回去。」

過了半個小時，他視線依然緊盯著海綿寶寶，完全不打算離開。我知道他眞的跟我槓上了。

我只好勉強拿起筷子，手顫抖著，完全使不上力，這是他不斷爲我帶來的感動啊。我崩潰了，眼淚滴滴答答地掉在壽司上。

愛這個字，該折磨我多久？

聽見我啜泣，他轉過頭來。

「有這麼難吃嗎？」他問著。

我放下筷子，看著他，有些事情不應該再繼續放縱下去，尤其是我的感覺，已經太遲了，他不屬於我，他是采雅的。

「以後，我們保持距離，對我來說，你是采雅的朋友，僅此而已。」我說。

他關掉電視，轉過頭來看著我，「什麼意思。」

「你是我好朋友的朋友，這樣而已，所以不要再做這些事，點頭之交四個字的意思你懂嗎？」

「我不懂。」他反駁。

爲什麼他總是在講正事時變成外星人？

「總之離我遠一點。」我無視自己的心情，斬釘截鐵地說著。

「因爲采雅喜歡我嗎？」他突然說這句話。

然後，我瞪大眼睛看他，爲什麼這句話他能說得這麼輕鬆自然？

「幹麼那麼驚訝？眼睛都要掉出來了！」

我嘆了一口氣，「你爲什麼能把這句話講得跟我吃飽了這四個字一樣簡單輕鬆？」

他笑了笑，「我不是小孩子，有些事情當然也看得出來，只是不想說破。對我來說，采雅是個可愛的妹妹而已。如果妳因爲她喜歡我而想跟我保持距離，那妳的程度就跟派大星差不多，傻子。」

聽見他的回答，我竟鬆了一口氣，然後湧起的是對采雅的愧疚。

「更何況，我是一個不能擁有愛的人。」他突如其來的一句話，聽了我整個人更莫名其妙。

「爲什麼？」我問。

他看著我，表情慢慢凝重，「有些事情，不是三言兩語能解釋清楚的。總之，有些東西不是我想要就可以擁有的。」

「是不想爭取還是不能擁有？」

他深深嘆一口氣，堅定地說：「是不能擁有，所以不能爭取，這一輩子都不能爭取。」

「一輩子？」這個時間軸聽起來好遠。

他點了點頭。

「即使你很愛一個人，你也不會想要爭取嗎？」

他想了很久才回答我，「不會，愛一個人不一定要擁有，看對方得到幸福，也是一種愛的方式。」

我沒有錯過他在回答這句話時臉上那一閃而過的哀傷，所以我沒有再繼續問，因爲我不喜歡看他憂鬱的樣子，眞的不喜歡。

我把他的說法解讀成：因爲離過婚，所以他覺得自己沒有資格擁有。

突然間，覺得他不白目時的表情很刺眼。

即使當我聽到一輩子這三個字時受了傷，明白自己也是他隔離在外的一部分，即使我不知道是爲了什麼，但我卻能夠明白他這句話背後隱藏了多少無奈和失落。

我用最快的速度消化了那些壽司之後，把他和盤子全都掃出門外。

他生氣地在外面敲門，「何凱茜！妳這女人也太過分了，過河拆橋是怎樣啊？」

我沒有理他，拿著包包往樓上去。我不是過河拆橋，而是我也需要療傷，面對自己的動心，我也需要平復。

一輩子，這三個字，就宣告了我的失敗。

而我也許還需要安慰另一個人，就是采雅。她在我準備睡覺時，撥了通電話說出了她的不安。

「茜，我覺得他很神祕，我說了很多自己的事，可是他什麼也沒有說，只是聽我講，不然就是聊公事，我好幾次想要問他的上一段婚姻，可是不知道怎麼開口，以前都是男生在說，今天整場幾乎都是我在說，我覺得好糗。」

「哪裡糗了？聽妳說話是他的榮幸。」我是眞心這麼覺得，因爲采雅大多時候話不是太多。

「哎呀，我眞的不知道了，第一次覺得男人好複雜。」

我也這麼覺得，但這句話我並沒有說出口。

「妳先順其自然吧！也許並不是每個男生都急著想要得到，有些男人也想慢慢來啊！」

她嘆了好大一口氣，「他讓我失去女人的自信。」

「有這麼嚴重嗎？」我笑著說。

「妳想呢？」她無奈地回答我。

我想，是的。

被我們保護得好好的采雅公主，從來就只有等待過王子的到來，這還是第一次她主動追求，而對象是關旭。

「別想太多了，早一點休息，一切都是緣分吧！」這句話是對她說，也對我自己說的。

這個世界，我們能掌握的，永遠都只有自己而已。

原本打算要好好睡一覺的我，在早上七點就醒了。因爲頭痛又發作，在床上滾了好幾回不肯起床，我希望自己能在翻滾時再度入睡。

可惜沒有。

愈滾頭愈痛，花了三個小時，一直到早上十點多我才放棄掙扎，用力地坐起身，然後頭痛又再一次侵襲我。我忍不住爆了粗口，「Shit!」

很困難地移動著拿了藥，準備下樓吃掉。

到了廚房倒水，吞了藥，我倚在流理台旁，祈禱五分鐘之後，藥開始生效，解救我的頭痛。

當我順手丟掉手上的藥包垃圾時，我看到垃圾桶裡有一些過期的食物，我想應該是昨天關旭在廚房裡順便幫我清掉的吧！

他看起來是這麼神經大條的人，可是卻有一顆無比細膩的心。

洗碗槽裡，放著昨天他買壽司給我吃用的盤子，想起昨天壽司的美味，還有他的心意。

我看著這些，頭不痛了，取而代之的，是心中接二連三的波濤洶湧。

有些感覺，就是在那個當下，總是會緊揪著我的心。為何我總是愛著不能愛我的人？

我看著盤子發呆，希望可以得到一些答案。

但它無語，我也無奈，我沒有清洗它，繼續擱置在那裡，就像我的感覺，還是停留在那裡。

回到客廳發呆，卻意外發現桌上有一個男用皮夾，直覺這應該是關旭昨天忘記帶走的。我瞪著它，掙扎要不要在那裡面找祕密，也許有我要的答案。

最後，我終究沒那樣做。

看著這黑色皮夾，我竟然放空了三個小時才回神。拿起手機，傳了簡訊給他，告知皮夾在我家，希望他自己過來拿。

可是關旭一直沒有回覆，於是我又撥了電話過去，卻也無人接聽。該不會是昨天被我趕出門，現在不高興了吧！

沒辦法想那麼多，我到下午三點多都還沒進食，胃已經開始不舒服，打算先到社區的便利商店買點東西吃再說。

拿了錢包，走到門口，發現他的車子就停在他家門口。

然後我火大了，在家也不接電話是怎樣？回到我客廳拿了他的錢包，走到他門口按電鈴。

這傢伙眞是有夠大牌的。

我按了好久，一直都沒有人回應，該不會是眞的不在家吧！轉身打算離開時，卻聽到開門的聲音。

回過頭去，卻看到他一臉睡意。

我生氣地把皮夾丟給他，「你昨天掉在我家的。」然後轉身離開，睡死他算了。

「喂。」他在後頭喊著，聲音有一點虛弱。

我沒理他，繼續往前走。

「喂，我不舒服。」聽到他的話，我停下腳步，回頭再看看他。他臉色似乎不太好，臉上莫名地泛紅。

我待在原地兩秒之後，終究敵不過自己的心軟，又走了回去，伸手摸了他的額頭，那溫度燙著我的手。

「你發燒了？」我問，眞擔心他燒到變成白痴，「不會去看醫生嗎？」

他撫了撫耳朵，「別大吼大叫，還不都是妳害的，只知道喝酒，我跟壽司站在門口都要冷死了。」

想到他昨天站在門外等我，如果因爲這樣感冒了，我眞的會良心不安。

不想再聽他廢話，我拉著他就走，「我帶你去看醫生。」

到了醫院，他依然昏昏沉沉地坐在一旁，我只好拿出他的證件幫他掛號。

護士小姐拿了一張表格給我，「關太太，麻煩妳塡一下初診表。」

聽到這句話，我的心揪了一下，假笑著接過表單，按照關旭證件上的資料塡寫著。

身分證翻到背面，我看見配偶欄上的三個字，黃子容。

是他前妻的名字吧，因爲還深愛著她，所以身分證也捨不得換新的嗎？這個解釋，讓我的心情持續低落。

醫生診斷後，才知道他高燒三十九度，而且應該是早上就開始發燒了。他打了針，拿了藥，醫生囑咐我要好好照顧他，如果今晚還是沒有退燒，要趕快再送到醫院來。

這傢伙原來不會照顧自己。

回到他家，馬上讓他吃了藥，他躺回床上繼續睡著，我則是回家拿了筆電，打算邊照顧他邊處理今天的工作。今天一整天都沒有進公司，手機上也顯示馬克打來的好幾通電話。

沒想到照顧生病的人竟然這麼辛苦，關旭不停地冒冷汗，嘴裡常會發出一些怪聲，像是做惡夢那樣，總是突然之間嚇得我不時在客廳和房間來回穿梭。

好不容易，三個小時後，他的高燒總算退了，我也才完全鬆了一口氣。

拿毛巾幫他擦去額頭的汗水，又看到那條不影響他帥氣的疤，就在他的右臉上。到底是什麼原因，讓他的臉上留下這麼長的疤痕？

正當我思索著，突然傳來門鈴聲。

我覺得有一點奇怪，也猶豫要不要去開門。不管按門鈴的是誰，我都不知道該怎麼解釋我的身分和現在這種狀況。

爲了省去不必要的解釋，我不打算開門，但按門鈴的人很有耐心，而我最缺乏的就是耐心。五分鐘後，我已經被沒間斷過的門鈴聲打敗。

無奈地起身去開門。

才剛轉開門把，呼的一聲，門就用力被推開。我急忙退後才不至於被門撞到，但連對方的臉都還來不及看到，我就被狠狠地打了一巴掌。

這一巴掌來得又快又痛，我頭暈目眩。

「不要臉！」一個女人的聲音大吼。

我把視線放在這個莫名其妙的女人臉上，沒想到眼前這個人，竟然是前兩天在便利商店撒野的女人。

這到底是什麼巧合？這次已經是我第四次看到她了。一次看到她站在大馬路上打男人、一次看到她在對面公園，前兩天才看到她在便利商店發神經。

而現在我居然被她打了一巴掌。

「妳幹麼亂打人？」我很不客氣地推了她一下，敢打我何凱茜巴掌的，她還是第一個。

她沒有回答我，衝到我面前就抓住我的頭髮，使勁地抓，邊抓邊罵著：「不要臉、不要臉，妳爲什麼這麼不要臉？」

我完全搞不清楚狀況。

只知道要是再不反擊，我可能會有生命危險，因爲這個女人好像失去理智了。學過跆拳道的我，用手肘頂著她，再用力地把她推開。這一推，讓她跌坐在客廳的沙發旁。

「妳到底是誰？我根本不認識妳，爲什麼隨便打人？」我生氣地罵著。

我也不是好惹的。

沒想到，她拿起桌上的玻璃花瓶朝我丟過來，我來不及閃，只能用手擋，那脆弱的花瓶在砸到我手的瞬間變成玻璃碎片。

我手上一陣火熱，然後鮮血開始湧出。

但我一點都不覺得痛，那些痛完全被我的怒氣取代，我現在整個人的攻擊力已經到達百分之百，只想好好教訓這個莫名其妙的女人。

我衝到她旁邊，狠狠打了她一巴掌。受傷的手傳來的刺痛我也不在乎，只想把她趕出去，「憑什麼亂打人，再這樣我要叫警察了！」

她發瘋地叫著，「妳去，去把警察叫來，這樣我就可以順便告妳通姦。」

吼完之後，她又用力把我推倒在地上，這一跌讓我頭昏眼花，接著又開始往我身上打。今天一整天下來我已經累到沒有力氣反擊，只能用手摀著傷口，不讓血再繼續滴在地上。

突然之間，壓制在身上的重量不見了。

我張開眼睛，看到關旭站在我面前和那個女人對視，我用盡力量站了起來，卻聽見讓我完全無法呼吸的事。

那個女人對著關旭說：「老公，你打算一輩子不回台北嗎？」

「老公」兩個字，讓我失去了意識。

我的腦子空白了。

關旭沒有回答，我看著他的背影，再看看她，然後全身發抖。我想他是在便利商店外，挨她巴掌的那個男人。

我全身發抖，這實在太可怕了，難道我何凱茜只會愛上有婦之夫嗎？

整個就像跌進了黑洞一樣，所有的景象在我眼前旋轉。我止不住地顫抖，好想逃離這裡。

「還是你還沒得到教訓？」那女人冷冷地說。

關旭突然生氣著說：「妳夠了！」

「是你夠了吧？你到底要怎樣？你應該很清楚，這輩子我們都是要在一起的。我給你最後期限，三天後馬上回台北，不然下場會是什麼，我們都知道。」她的表情比那天在便利商店斥責店員的表情還要可怕，還要扭曲。

她又走到我面前，關旭趕緊把我拉到他身後。

她不屑地笑著，「妳最好離我老公遠一點，他這輩子都是我的。」

說完，她踩著高傲的腳步離開，留下這一室的狼籍。

而我只能想著她說過的話，逐一地理解。

她離開之後，關旭轉過身來，我突然不知道怎麼面對他的臉，急忙把頭低下。他看見我手上的傷口，然後叫了一聲，衝進去浴室拿了一堆衛生紙包住我的手，對我說：

「傷口好像很深，先去醫院。」

坐在車上，我們兩個一句話都沒有說，我只能用眼角偷偷地瞄著他，他看起來氣色好很多，燒退了後，精神也恢復了。

只是臉上的神情很緊繃。

到了醫院，他著急地幫我掛號。我完全沒有想到手背上那條傷口這麼長又這麼深。醫生清理傷口時，血還繼續在流。關旭的表情一直都很凝重，不停地問醫生會不會有什麼副作用。

醫生跟他再三確認過不會有問題，他才停止發問。

最後，還縫了五針才離開。

直到回家的路上，才開始感覺痛。而從剛剛到現在，我們兩個一句話都沒有說。我心中充滿問號，可是卻不知道該怎麼開始。

過了一會兒，先開口的還是關旭，他看著我的手說：「手痛嗎？」

他突然出聲，嚇了我一下跳。我趕緊清了清喉嚨，回答，「還好。」之後，又陷入沉默。

沉默一直持續，到我自己下了車，走進家門，我們依然沒有說話。

我坐在一片黑暗的客廳裡，思索著今天發生的事。這一切都來得措手不及，如果那個女人是關旭的老婆，那就是我今天在配偶欄上看到的那個名字，黃子容。

但關旭不是離婚了嗎？爲什麼他老婆會在這時候出現？

我的心很恐慌，好不容易可以從林君浩那段關係解脫，卻又把自己推入另一個深淵。而這個黑洞，遠比我想像得還要深。

當我看到林君浩的太太時，感受到的是背叛，而今天關旭的老婆出現，我感受到的，卻是好深好深的心痛。

我對關旭的喜歡，已經超乎我自己的想像了，這讓我很不安。

整整一天沒有進食，胃痛喚回我的思緒。我起身想走到廚房幫自己泡一杯咖啡時，關旭在門外大吼大叫我的名字。

「何凱茜！開門。」

眞是會被他打敗，我開了門，對他說：「有電鈴這種東西不是嗎？」

他舉了舉雙手拿著的鍋子，「沒辦法按，我只剩下這張嘴。」

閃身讓他進門，他把鍋子放在桌上，然後進廚房張羅碗筷，看著他動作熟練的身影，我竟有種想哭的衝動。

因爲我害怕習慣。

他打開鍋蓋，一陣香味開始在客廳蔓延，先體貼地盛了一碗放在我面前，「我煮了海鮮粥，先來吃一點東西。」

我看著那碗熱騰騰的粥，卻一口也吃不下。他一臉好像沒發生過任何事一樣，我覺得很不可思議。

看我一口都沒動，他突然問：「手還在痛嗎？還是要我餵妳？」

我急忙回答，「不用了。」開始用沒有受傷的左手勉強地吃著。

「我知道妳有很多問題想問，吃完隨便妳問。」他又開了電視看海綿寶寶，邊吃邊說。

我用最快的速度把那碗粥吃掉。

他收拾碗筷後，坐到我面前。我看著他，對於接下來將會知道的答案，竟開始覺得緊張。

我要問嗎？我可以承受答案嗎？還是假裝這一切都沒有發生？

他卻先開口了，「我要先說謝謝和對不起。」

我抬頭看他，不明白他在說什麼，他隨即開始解釋，「今天很謝謝妳沒有丟下生病的我。妳那麼討厭我，我以爲妳會讓我自生自滅。」

我沒有回答，我並不討厭他，甚至喜歡上他了。

他深呼吸了一口氣，接著說：「還有剛剛的事，眞的非常對不起。」

他臉上帶著嚴肅又哀傷的表情，是我第一次見到，爲什麼露出這麼痛苦的表情？

最後我忍不住問了，「她眞的是你太太嗎？」

他看著我，臉色凝重地點了點頭，然後我感覺到身體裡的血液完全凍結，心好像也忘了怎麼跳。

想起她是他的太太，我無法呼吸。

「我很抱歉她對妳做了這些事。」他說著。

我無奈地搖了搖頭，感到很遺憾，爲什麼這麼快又喜歡上一個人，卻依然是我無法擁有的人，我不能擁有他的原因不是因爲他離過婚，而是他還沒離婚。

這一切都是自己惹出來的笑話。

我開始生起莫名其妙的氣，一時之間忘了自己的手受傷，用力地拍著桌子對他說：「你是有婦之夫，本來就不應該和單身女子太過接近，所以你不應該買東西給我吃，不應該對我好，而且不應該這個時候還在這裡。」

拍桌子時，手掌落到桌上那一下，我感覺裡面骨頭像要散了。我還是咬著牙，對他的行爲進行控訴。

他馬上走到我旁邊，然後吼著我說：「妳瘋了嗎?傷口又裂了。」

我眞的不想再看到他小心翼翼看著我傷口的表情，那會讓我完全崩潰。「不干你的事，你回去，而且拜託你以後不要再在我面前出現。」

推著他離開，血從包紮好的繃帶滲出，染上他的衣服。

他雙手拉著我的雙手，制止我，「妳不要再這樣了，傷口一直在流血。」

傷口一直在流血，但我不在乎，眞正痛的是我的心，好痛、好痛。

「你回去好不好，離我遠一點好不好，拜託你，可以嗎?」我試圖掙開他，但他不放手。

除了這樣，我再也想不出其他離開他的方法了。

在我掙扎之餘，他竟然將我往前拉，然後緊緊抱住我，「我曾經想這樣做，但我做不到。」

我在他懷裡傻住。

「但是我又不能擁有妳。」他在我耳邊說著。

這句話讓我瞬間醒來，推開了他，我看著他，心痛得一句話都說不出來。

我終究還是爲他流下了眼淚，「知道自己的處境，爲什麼還要爲我做這麼多事？玩弄別人的感情很好玩嗎？在我發現自己對你的感覺之後，你居然已經有老婆，你覺得這樣好玩嗎？」

最後，我還是說出口了。也許，坦白才是解決所有問題的唯一方式。

「妳知道嗎？當我們第一次在酒吧外撞到時，我看到妳的眼神，和我一樣受過傷的眼神，我就完全忘不了。

「後來的發展爲什麼會這麼巧合，我自己也很意外，那一夜過後，我以爲我們不會再有交集，卻沒想到妳居然住在隔壁。看妳受著傷，卻堅強地擦著自己的眼淚，這一切的感覺來得太快，我自己也沒有辦法控制。」

聽著他的話，我哭著，這一切都是錯的，從一開始就錯了。

我們是不能彼此擁有的人啊！

他拿著衛生紙幫我擦去眼淚，「我只想待在妳身邊，看見妳開心，希望妳遇到對的另一半。」

「我不想聽這些。」說這些都已經無濟於事。

他摸摸我的頭，我看到他的眼眶含著淚水，「我只是想告訴妳，這不是玩弄感情，因爲我也陷進去了。」

聽到這句話，我的眼淚卻掉得更多。

「我從來沒有想過自己還會動心，本來打算就這樣過一輩子，但是，凱茜，遇見妳，讓我十二年來，第一次憎恨自己的處境。」

我聽了，只覺得這一切都是笑話，「講這些都沒有用，你和林君浩都一樣。」

「不，不一樣，因爲我沒有選擇權。他可以選擇結婚的對象，但是我不能。」他回答著。

我擦去眼淚，不明白他到底在說什麼。

「什麼意思？」

「妳願意給我十分鐘嗎？」他問我。

我點了點頭。

他先幫我處理好又裂開的傷口，拿了條熱毛巾幫我擦臉，又倒了一杯牛奶給我。

才回到位置上，我們就這樣對坐著，我才發現他看著我的眼神其實很不一樣，我竟然開始臉紅。

「我結婚十二年了。」

聽到他證實這件事，我倒抽了一口氣。

「念大學時，她是我學姊，對我很照顧，我一直以爲只是單純的學姊照顧學弟，後來她畢業時，辦了一個party，邀請大家去她家玩，那天很開心，不知不覺喝多了，結果一覺醒來，她睡在我旁邊，身上沒穿衣服。」

我瞪了他一下，爲什麼忽然之間又白目了？

他繼續說：「我眞的不記得自己到底有沒有做什麼，因爲實在太醉了，但當下我們達成協議，假裝什麼都沒發生過。可是她並沒有遵守約定，開始出現在我家、我的周圍，讓大家以爲我們是一對戀人。到最後，我想反駁，已經沒有人相信了。

「過了兩個多月，她在我面前，告訴我母親她懷孕了，那一天，是我人生最痛苦的一天。她堅持要我負責，不管我怎麼拒絕都沒有用，直到我母親跪在我面前求我，我只能選擇答應。」

我完全沒有辦法想像這會是什麼樣子的婚姻，好可怕。

「結婚後，她開始禁止我和女同學相處，到後來連說一句話都不行，最後還當著我的面，打了跟我說話的女同學一巴掌。」

就像今天這樣。

「結婚不到一個月，我在學校時，接到我母親的電話，說她從樓梯上跌了下來，孩子流掉了。我以爲是自己太過無情，對自己的小孩離開這個世界一點感覺都沒有，卻沒有想到，她在房間裡和朋友的對話，被我聽得一清二楚。

「她根本沒有懷孕，只是用盡了一切辦法想要嫁給我。我覺得這個世界跟我開了好大一個玩笑，我甚至憎恨起自己的母親，當初爲什麼不計一切代價逼我跟她結婚。」他深呼吸一口氣，「我用盡一切方法想要離婚，她都不肯，只要是她認定和我過於接近的女人，都被她騷擾過。我開始覺得她的精神狀況有問題，甚至向法院訴請離婚，她卻在接受檢查時表現得很正常。

「我只要一跟別的女生說話，她就開始發瘋，砸東西，我身上的傷痕幾乎都是這樣來的。」

我指了指他右臉上的疤。

他苦笑，「這是八年前最後一次提出要離婚時，她拿起一旁的玻璃杯就一把砸了過來，我沒能來得及躲，縫了十八針。」

他的十八針，讓我的眼眶又蓄滿了淚水。這樣的折騰到底是爲什麼？

「我擺脫不了她，也放棄擺脫她，因爲太累了，我和家人都累了。除了傷害我，她也傷害我的家人，爲了要安靜地生活，我眞的放棄了，努力賺錢，希望我家人在國外可以過得安心一點，至於我的話，我已經選擇不再抵抗了。」

我站起身，坐到他旁邊去，緊緊地抱住他。有沒有結婚，對我來說都不重要了，現在我只想要保護他。

爲了愛著的人，我也可以擁有保護人的能力。

「現在開始，你有我。」我說著。

現在開始他有我，他給了我這麼多的溫暖和感動，接下來，我要用滿滿的愛撫平他這十二年來的傷痛。

他也緊緊地抱著我，兩顆受傷的心，現在開始相互依靠。

「凱茜，她很危險。」他在我耳邊說著。

我笑了笑，「我是跆拳道高手。」

確定了彼此的心意，我們坐在沙發上，我靠在他身旁。他拉起我受傷的手，又再次說了一聲對不起。

「我明天早上會回台北，好好跟她談一下，也會詢問一下律師，有沒有什麼方法可以處理，在我回來之前，妳一定要小心，我不知道她會不會用其他方式再傷害妳。」

我看著他恐懼的表情，心裡又更加不捨，爲什麼她的愛會讓他如此難以負荷？

「我不擔心她，今天是太意外了，而且肚子很餓，沒力氣打架。我現在擔心的是怎麼告訴采雅這些事，你也知道她很喜歡你。」

當他擁抱我的那一刻，我的腦子浮現采雅的臉。事情走到這個地步，到底該怎麼收拾，真的很讓人頭痛。

他笑了笑，「采雅只是我的妹妹。」

少來！我用健全的另一隻手發動了掌風掃了一下他的手臂，他撫著手臂猛喊疼，我不屑地說：「為什麼你們男人總愛說這種話？享受被愛慕的感覺很好嗎？有哥哥會對妹妹猛放電嗎？」

「我真的只是把她當妹妹，派大星可以當證人。」他認真地否認著。

他思考了一下接著說：「其實我倒覺得采雅對我的感情，比較像對哥哥的崇拜。」

「白痴才會想要崇拜你。」我很誠實地說。

「妳知道嗎？我真的很喜歡妳罵人的樣子，好可愛，喝醉酒發酒瘋的樣子也很可愛。」

「你是變態嗎？」第一次聽到有人欣賞我發瘋的樣子。

他毫不考慮地回答，「我是。」

懶得再跟這個白目抬槓，在他離開之前，我們達成了協議，我會處理好采雅的事，而他會處理好他的事。

即使我們都覺得這很棘手，但我們必須往前走，我們擁抱著，用一個吻彼此鼓勵著。

我的心安全地在一個地方降落。

明天會是充滿艱辛的一天，這條通往幸福的道路，再怎麼辛苦，我們都會努力把它走完。

因爲關旭，我開始想要擁有幸福這兩個字。

安心地睡了一覺，我醒來看了看時鐘，已經是中午十二點多了。

手機有他傳來的簡訊，「我到台北了，請好好照顧自己，我請馬克每天接妳到醫院換藥，完好健康地等我回來。」後面加了一顆愛心。

看著手機，我忍不住笑著，爲什麼很像從軍中寫給母親的簡訊呢？看樣子，我好像是愛上一個不太會表達自己情感的男人。

我微笑地放下手機，走進浴室梳洗，才剛刷完牙，門鈴就響了。

我的心突然暫停了一下，因爲我知道那不會是關旭。難道是她？這麼快又來了？我的手還沒好，這樣我太吃虧了。門鈴持續響著，我只好走到門邊問：「哪位？」如果眞的是她就不要開好了。

傳來的是一道很三八的聲音，「茜！快開門，紫外線很強耶！」

眞是受不了馬克這傢伙。

我開了門讓他進來，「你不是出門前就會把假臉裝好嗎？」他的妝厚到都可以直接拆卸了。

「可是我的手沒有啊！」他伸出白嫩的手給我看。

實在懶得理他，我坐到沙發上，打開電視，又是無聊的海綿寶寶，然後我竟開始思念起關旭，也擔心他的一切。

「妳還看電視？我得在一個半小時內送妳去換藥，陪妳吃完午餐才可以。」馬克幫我拿了外套和包包後，遞給我。

「我其實可以自己去換藥的，當然也可以自己去吃飯。」

馬克拉起我，「不行！關大哥說的話我要聽。」

「還關大哥呢，我要笑死了。」跟在馬克後面，我忍不住吐槽。

馬克突然正經地轉過頭來，對我說：「茜，關大哥眞的是一個很棒的男人，上次那件事多虧他開導我，我才能走出來。而且昨天晚上，我們聊了一整夜。」

「是喔，那我的關心都是屁就對了？」我也很擔心他啊，還哭了那麼多次，沒把我放在眼裡是怎樣？

「哎唷！妳當然也對我很好啊！所以你們能在一起我很開心，雖然現在有點困難，但你們要加油。」馬克眞的有夠狗腿的。

「他什麼都跟你說了？」

「嗯，關大哥很擔心妳的安全，派我來當騎士的啦！」他把我帶上車，幫我扣了安全帶。

我笑著吐糟馬克，「我怎麼覺得你比較像公主？」

突然覺得，能夠擁有這些的我眞的好幸福。

「昨天聽了那些事，我覺得關大哥很了不起，他背著這麼大的傷痛生活，還一直告訴我要積極地面對人生。跟他比起來，我當初傷害自己的舉動眞的很不應該。」

聽馬克說著這些，我微笑著，心裡莫名地感到驕傲。

「茜，你們一定要加油，我眞的希望你們可以有好結果。」馬克看著我，好眞誠好眞誠地說著。

我感動地對他點了點頭。

「一定要喔！」馬克又強調。

我會加油。

換好藥之後，我走出診間，馬克遞了我的手機給我，「茜，妳好像有簡訊。」

我接過來，看到青青發給我的訊息：「茜，我要跟文森結婚了，祝福我吧！」祝福？我一個情同姊妹的朋友要嫁給那個劈腿王八蛋，我會祝福才有鬼。

馬克看到我的表情很不開心，便問著：「怎麼啦？」

我把手機拿給他看，他驚呼了一聲，「青青到底怎麼了？」

搖了搖頭，我自己也不知道，也許愛情美好的地方，就是因爲它特別莫名其妙吧！

沒多久，青青就打電話給我了，我把心裡的感受告訴她，她卻要我別擔心，她自己會承擔這一切的。

掉掛電話後，我大大地嘆了一口氣。

「唉，茜，我覺得這是青青自己的選擇，妳該說的都說了，接下來就讓她安心地當個美麗的新娘。」

我聽著馬克說的話，慢慢平復情緒，別人決定幸福的權利是不容許別人置喙的。

手機又響了。

我連想都不用想，這通電話一定是小倫打來的。

接起電話後，我馬上說：「我知道了。」

「妳是什麼時候知道的？」

「比妳早五分鐘，她總是要先解決掉我嘛！」我說完，小倫在電話那頭大笑。

聊了一下青青的狀況，我在想到底該不該讓小倫知道我和關旭的事。

最後，我還是選擇說了，「現在有一個更重大的問題。」

「什麼問題？」

我在想該用什麼方式告訴小倫，不能讓她知道他太太攻擊力很強，她一定會擔心死的，而且還有釆雅的部分。

我吸了一口氣說：「我和釆雅好像愛上同一個人了。」

聽我說完，小倫覺得非常不可思議，她一直以爲關旭和釆雅進行得很順利，卻沒想到會是這樣。

我必須保護關旭，所以小倫的問題，我都胡亂回答著。

她在電話那頭，嘆了很深的一口氣，「唉！」我明白她很難接受事情這樣發展。

「別嘆氣了，我再找時間跟釆雅說。」事情總得解決的，和小倫又聊了一會兒，才掛掉電話。

馬克在一旁很驚訝，因爲他不知道關旭和釆雅認識，他張大眼睛看著我說：「這難道是傳說中的多角戀？」

我無奈地點了點頭。

「我現在開始為你們擔心了。」馬克擔憂地說著。

他說得沒錯，我自己也很擔心，而這一股擔心開始無限放大。

接下來，連續三天，關旭一通電話都沒有。後來，我鼓起勇氣打電話給他，卻是轉入語音信箱，這讓我很不安。

他是不是發生了什麼意外？

拿著手機，我不停地祈禱，希望一切都平安。我也開始做起最壞的打算，也許我們很有可能就這麼結束了。

這個念頭，讓我的眼眶又紅了。

如果，我們沒辦法一起走在幸福的道路上，最少我也要看著他幸福。

這時手裡握著的手機傳來簡訊的聲音，我趕緊拿起來看，以為是關旭給我的訊息，但不是。

小倫傳來晚上要聚餐的消息，她的香港男朋友追到台灣了，晚上要一起吃麻辣鍋，而采雅也隨後傳簡訊過來，晚上會過來接我。

也許這是個很好的時機，可以向采雅說明這件事。

聚餐時，她們看著我的手，擔心地直問我到底怎麼了，我只好編了個從樓梯跌下來的謊言來讓他們安心。

但，這頓飯卻是我吃得最痛苦的一次。

不斷沙盤推演要怎麼把事情對采雅，不斷猜想要如何回應她可能的問題，最擔心的是，我們的友情會不會因此破裂。

這一切的一切，都讓我莫名恐慌。

我不想失去采雅。

晚餐結束後，采雅送我回家的路上，我知道這是最好的時機，可是卻一直不知道該從哪裡開口。

「茜，怎麼辦，我覺得心煩意亂，那天和關旭吃完飯後，他的電話就打不通了，是不是我那天說錯了什麼？」采雅忽然間說著。

我急忙回答，「妳不要亂想啦，他不是這麼小氣的人。」

「茜，怎麼覺得妳比我還要了解他？」采雅說出她的疑惑。

我頓時不知道該怎麼辦才好，支支吾吾了很久，還是把所有的事說出來，除了他太太的事之外。

「那天見面，你們爲什麼要假裝不認識？」采雅冷冷地說。

我知道她受傷了。

「因爲不知道該怎麼解釋。」我回答著。

采雅送我到門口後，對我說了一句：「不管怎麼樣，我都希望妳可以幸福，可是這次的事，我覺得自己好像變成了笨蛋，也許我需要一點時間消化。」

「采雅。」我擔心地喚著她。

她勉強地對我笑了一下，「沒事，我只是需要一點時間。」

看著車子離去，我開始討厭起自己，這是怎麼了？爲什麼變得如此一發不可收拾？

我拖著虛脫的身軀走回房間，想念起關旭，不知道現在的他在做些什麼。

流著眼淚，想著關旭，然後慢慢地睡著，深深發現愛情不只傷害自己，也會傷害別人。采雅受傷的表情，還在我的腦子裡時不時出現。

我交錯在想念和歉疚的情緒裡，開始崩潰，躺在床上放聲大哭。

整整一個星期了，我先是失去關旭的消息，接下來失去的是采雅的消息。小倫說采雅到國外出差，要過一陣子才會回來。

原來，成就我自己的愛情時，我也摧毀了別人。除了自責，我想不出還有別的方式可以化解我現在的感受。

每一天，我都被自責和想念緊緊抓著，動彈不得。

馬克的電話把我拉回現實，「妳準備好就出來，我再五分鐘就到了。」這一個星期以來，都是馬克陪著我換藥處理傷口。我原本期待關旭能回來陪我去拆線，但我還是失望了。

拿了外套和包包，我先走到門口等馬克，卻有一位中年男子走到我旁邊來問我，「請問妳是凱茜嗎？」

他全身散發出一股儒雅的氣質，穿著打扮不俗，應該不會是要來跟我詐財的吧。

「請問有什麼事嗎？」我說。

「妳好，我是連美芸的先生，不知道方不方便跟妳談談呢？」他誠懇地說。

我看著他，非常驚訝，從來沒有想過這輩子會見到他，我的母親拋棄我和父親就是爲了他。

我淡淡地表示，「我不認爲我們有談的必要。」他和我的母親，充其量都只是我人生的過客。

「我懂妳的感受，但真的希望妳給我十分鐘就可以了。」他請求著。我的感受是這麼容易懂的嗎？那一切一切的傷害不是發生在自己身上，就可以說得如此輕鬆嗎？

「我不想談。」我回答。

他看著我，十分堅決地表示，「沒關係，我會每天來，直到妳願意跟我談爲止。」

我嘆了一口氣，原來大家都想要跟我槓上。

爲了避免接下來的麻煩，我告訴他，「你只有五分鐘。」

撥了一通電話給馬克，告訴他不用過來接我，然後和他找了一間社區附近的咖啡廳坐著。

再次打量著母親的丈夫，以外表來說，高大英俊的父親絕對勝過這位身高不高、長相平凡的男人。

我率先開口，「到底有什麼好談的？」

他深呼吸一口氣，「我一直很猶豫該不該見妳，畢竟對妳來說，我是個罪人。我和妳媽媽最不願意傷害的人就是妳。」

「但你們還是傷害了，還有我父親。」

他尷尬地看著我，「如果可以，我們不願意傷害任何一個人。」

我看著他，一語不發。

如果可以，我也不想傷害任何一個人。

「凱茜，我只想說，有時候，事情的發展不是我們能夠決定的，它就是發生在那個瞬間，即使我們努力想要避免傷害，它還是造成了。我很抱歉，但我和妳母親所受的苦，並不會比任何人少。」

我聽著他說的話，不知道爲什麼，總是想起自己和關旭的事。不願意傷害采雅的我，畢竟也在這段關係中受了傷。

「也許我並沒有資格對妳說這些話，是我害妳失去母親的。但是，如果可以，請妳憎恨我，不要討厭妳的母親，她很愛妳，比任何人都還要愛妳。

「這十年來，她總是不停地打聽妳的消息，妳生日時，她總是獨自己一個人關在房間裡爲妳禱告一整天。她不要我的小孩叫她媽媽，因爲她說她只有一個女兒，那就是妳，所以她和我的小孩成了朋友，總是說她在台灣有一個讓她很驕傲的女兒。」

連日來的折磨，使我脆弱得因爲這些話流下了眼淚。

「我很感謝妳願意聽我說這些，不管妳會不會原諒我們，我們永遠都會爲妳所受的苦感到內疚，也希望妳能給我們機會補償妳。」

母親爲了愛傷害了我，我爲了愛傷害了采雅，我又有什麼資格控訴她的狠心？

我不是也一樣自私嗎？

爲了愛，我終究成了跟母親一樣的人。開始明白她的無能爲力，也許所有的事情，都要自己親身走過一次，才會明白那箇中感受。

回家路上，我想起了母親的倔強，和她在我面前故意裝作無所謂的樣子，心裡竟開始微微泛疼。而接下來的我，又該用什麼面貌僞裝我自己？

對母親的憎恨開始慢慢淡化，心中卻升起了背叛父親的感覺。

如果我心疼她，那誰來心疼我父親？

眼淚沒有停過，這兩方拉扯的情緒讓我的心好痛，一直到走到家門口，眼淚還是不自覺地掉著。

我打開門時，有一股力量從後頭抱住我。我驚嚇的時間只有一秒，隨即轉過身去，緊緊地抱住關旭。

他回來了，我卻哭得更慘。

「爲什麼哭？」他仍然抱著我。

我搖了搖頭，一句話也說不出來。

他牽著我進家門，又開始幫我張羅一切，拿熱毛巾來幫我擦臉，幫我泡了一杯熱牛奶。看著他的身影又在我的廚房裡忙碌著，這一個多星期來累積的不安和壓力才終於慢慢解除。

「怎麼了？」他看著我紅腫的眼睛說著，「每天都想我，所以一直哭嗎？想我可以打電話給我啊！」

我瞪了他一眼，吸了吸鼻子說：「你手機都轉語音信箱，還敢說？」

「對不起，手機被她摔爛了。」他看著我，眼神充滿歉意。

我沒有心情生氣，只是很擔心他，「你沒事吧？」

他微笑，點了點頭，「我沒事。」接著說：「妳知道嗎？我去找律師，想要再了解現在情況該怎麼處理，居然在律師事務所遇見之前研究所的學弟。他剛從英國回台灣，對於我的事，他很有信心可以幫我處理。」

他開心地笑著。

我點點頭，看見他的笑容，才放心不少。不管怎麼樣，我都不希望他受到傷害。

他坐到我旁邊來，臉突然逼近我，一直看我，我頓時不知所措了起來。「妳這是臉紅嗎？」他促狹地問。

然後，我朝他頭上狠狠地敲了一下。

什麼時候，還有心情開玩笑。他被我得打唉唉叫，「妳下手眞的很重耶！」

我懶得理他。

他突然把我拉進懷裡，用力抱著我，「我好想妳。」這力道讓我快要不能呼吸。幾天的想念，我的眼淚又潰堤，放任自己享受這擁抱之下的安心。

「這個時候，妳不是應該說妳也想我嗎？」他放開我，生氣地說著。他總是能在這種感動的時刻破壞氣氛。

我也很想他，但我不會說。

「想到你都沒有聯絡，我只想揍你。」

「我想打電話給妳，可是我很擔心聽見妳的聲音，我會克制不住，把事情丟下，從台北衝回來。」他摸了摸我的臉。

「妳還沒告訴我，為什麼我看妳哭著走回家？」他繼續問著。

我想了很久，最後還是把所有的經過告訴他。我一邊說，他一邊聽著，緊緊握住我的手。

每當我講到難過的時候，他握著我的手的力道，就又加重一些。

我很開心，他懂我的情緒。他什麼都沒有說，只是靜靜聽著，告訴我，這一切，他會陪我走過。

這樣就夠了。

除了懂之外，他也非常有行動力。隔天，他把我帶到父親修行的寺廟外。

我驚訝地問關旭，「這是怎麼一回事？」

「我覺得妳需要答案，這樣妳才會快樂，去吧！我在這裡等妳。」他摸摸我的頭。

我看著他，久久不能自己。這就是關旭的溫柔，沒有太多的甜言蜜語，只給我我想要的。

我鼓起勇氣，走進廟宇。

看著這莊嚴又神聖的地方，突然很感謝父親選擇這種方式療傷。四處詢問父親的下落，最後在庭園的一角，我發現他的背影。

從小，我就只能看著他的背影。父親因爲工作十分忙碌，早上，我總是看著他出門工作的背影，而到了晚上，我只能看著他疲累走進房門的背影。

即使他現在拿著掃把清潔環境，他的背影，我永遠記得。

我和他有十年沒見了吧！

因爲父親選擇離開，負氣的我，再也不願意見他，只知道他在這裡，卻從來沒有來過。

我走到他背後，鼓起勇氣，顫抖地開口，「爸。」

我看到他的身體一僵，過了幾秒才轉過頭來。我以爲父親會削髮出家，但他沒有，他還是我記憶裡那位英俊高大的父親，只是歲月還是在他臉上留了一些痕跡。

父親看到我，激動得馬上流下眼淚，對我說：「妳來啦！」

我忍住眼淚，點了點頭，原來這十年來，我多麼想念他，只是我自己不願意承認。

父親拍了拍我的肩膀，帶我到庭園的石椅上坐下，我看著父親那在商場上銳利的眼神，如今已變得慈祥可親。

「我以爲你會出家。」率先打破沉默的人是我。

父親平復了激動的情緒，笑了笑，「眞正的修行不一定要出家，每天的生活，都是在修行磨練。」

我認同地點了點頭。

「我知道總有一天妳會來的。」父親微笑看著我。

「爲什麼？」

「生活裡，我們會遇見很多事，發生很多改變，這一點一滴的改變，都是智慧的累積，妳的想法會改變時，就代表妳願意去面對更多事情。」

我只想知道這些年來，父親是不是也有改變，「你呢？還恨她嗎？」

父親依然帶著微笑，對我搖了搖頭，「當我沒有能力給別人幸福時，我有什麼資格阻止別人找尋幸福？

「我感謝妳母親，她用她的方式讓我增長智慧。當我汲汲營營於事業版圖時，我忽略了她的感受。對她來說，我只是一個會賺錢的老公，但她要的是愛，我沒有時間給，也不知道怎麼給。」父親拍了拍我的手，「凱茜，妳是個聰明的孩子，別讓憎恨充滿妳的內心，我不恨誰，萬事都有註定，不能避免的，它就是會走到那裡去。」

聽著父親的話，我開始釋放自己，如果父親也選擇原諒，那我又有什麼好恨的？和父親聊了很多，知道他在這裡很快樂、很滿足，十年來懸著的一顆心又放下了。

離開前，父親送我了一個平安符，要我隨時帶在身上，「這是我給妳的祝福，希望妳健健康康、快快樂樂，即使我在這裡，妳永遠都是我的女兒。」

我抱著父親，心裡好溫暖，原來一直以爲什麼都沒有的我，竟然擁有這麼多。

出走寺廟後，我看著關旭倚在車旁邊正等待著我。我跑了過去，緊緊抱住他，心裡澎湃著，我愛著這樣溫柔的一個男人。

「喂，這裡是寺廟，妳不要亂來啊！」

我被他逗笑了，眞不知道現在是誰抱著誰不放手的。

「謝謝你。」我眞心地謝謝他在我身旁。

他緊緊抱住我，「我才要謝謝妳，讓我有重新活過來的感覺。」

離開前，我看到父親站在寺廟門前對我揮手微笑。十年的空白，也不能改變我們之間血濃於水的感情。

謝謝我的父親，他在某種程度釋放了我。

在車上，關旭問到了我和采雅的問題，「妳和采雅還好嗎？」

我點點頭，「當然了，好得不得了，她到國外出差了。」

關旭要操心的已經太多了，我不能再造成他的負擔。

「那就好，今天一切都很順利，我們去開個party吧！」他笑著說。

於是，我們約了馬克和小倫一起到餐廳吃飯，大家開心地聊著天，這對我來說好像做夢一樣。

年紀還很輕的時候和姊妹們共同的夢想，就是各自找到心愛的另一半，然後大家一起出來聚餐或旅行。

現在我的夢想實現了一半。

和小倫一起去洗手間時，她拉著我說：「茜，爲什麼我一直感覺你們好像在一起很久啦！」

「哪有？」

「你們好有默契。」

我笑了笑，喜歡有默契這個說法。

她摟著我，拍了拍我的肩膀，「我相信采雅可以理解的。」

我點了點頭，感謝她的鼓勵。

又想到早上父親給我的支持，我心裡滿滿的溫暖，頓時覺得，不管發生什麼事情我都不害怕。

心情愉快的我，連坐在車上都忍不住笑著。

「喂，怎麼辦？」關旭突然出聲。

我好奇地問：「什麼怎麼辦？」

「我也好喜歡妳笑起來的樣子，好可愛！這樣我到底要喜歡妳發脾氣還是笑啊？」

「你夠了！講這種話好噁心。」

「妳有沒有良心啊？我真情流露，妳居然說我噁心。」他說著說著還假哭，我真的快被他的白目打敗了。

我們兩個在車上聊得正開心時，突然後面撞上一股力道，我和關旭都嚇了一跳。

他擔心地看著我，「妳沒事吧！」

我點點頭。

「是後面的車沒有保持距離所以才撞上來嗎？」

我正疑惑時，那股力道又再來了一次，我突然有種不祥的預感，關旭看著後照鏡，罵了聲髒話。「是子容。」

然後，我驚醒了。

「凱茜，妳坐好。」

他開始加速，和黃子容的車子在路上狂飆。即使現在已經深夜十二點，車子流量少，但還是非常危險。

「關旭，不要這樣，把車停下來好好講。」我手拉著車門旁的吊杆才能穩住身子，車速已經快到我無法接受了。

我好害怕。

「她如果能好好講，今天就不會這樣子了。」他表情凝重。

「關旭，停車，我很不舒服。」

他看了一眼我蒼白的臉，馬上減速，把車子停在路邊。黃子容的車，也跟著我們停在後面。

我看著後照鏡，她下車，怒氣沖沖地走了過來猛拍我的車門。

「妳別下車。」關旭說完，馬上也下了車，走到她旁邊去，對她吼著：「妳知不知道這樣很危險！」

她冷笑一下，「那又怎麼樣？大不了大家一起死。叫那個賤女人給我下車，你總算被我抓到了，我就知道你在外面有女人，從以前到現在，你在外面就是有女人。」

她又衝到車門旁，猛拍車窗要我下車。

關旭拉著她，「妳到底要怎麼樣？十幾年了，爲什麼不能放過我？」

她瞪大了眼睛吼著，「你是我的，你是我的，我愛你那麼久，爲什麼你就是不肯愛我，還要離開我？」

看她這個模樣，我其實是爲她感到心疼的。

最後我還是下車，走到她面前。關旭急忙擋在我前方，怕她又會傷害我。她還是激動地衝了過來，想要打我。

「眞的愛一個人，不是希望他幸福嗎？可是妳卻一再傷害他，這是愛嗎？」我說。

「妳閉嘴！要不是妳這個賤女人，我們的感情會很好，妳說，妳和他勾搭多久了？不要臉！」

「就算沒有我，強求來的也不會幸福。」我說著，希望她放過自己。

我卻沒想到，她像發了瘋似地推開關旭，衝到我面前就是一巴掌。我沒有還手，因爲我讓她痛苦，這一巴掌算是讓她發洩。

我動也不動地讓她打著，「妳不要臉，我老公是我的，是我的！他是我的，誰都不能搶走他！」她吼得聲嘶力竭，同樣身為女人，我不禁心疼。

關旭衝了過來，想要制止她，但她卻不停地追打。關旭只好護著我，讓拳頭落在他身上。

她不停地往我們身上打，而我們只能閃躲，完全沒有注意到在這樣的追打中，我們已經一步一步地移動到馬路中央。

突然一陣強光，讓我們都停了下來，眼看有一輛車就要衝撞上來，我的腦子一門空白。關旭先是把我推開，我跌倒在路旁，一陣暈眩朝我襲捲而來。

接下來，我聽到車子劃破寧靜的剎車聲，及一聲好大的聲響。

我心跳停止了，是關旭嗎？

強壓下不舒服的感覺，忍著皮膚被柏油路劃破的刺痛，我站起來，緩慢拖著搖晃的身體，走到路中間，看到的卻是關旭抱著滿頭鮮血的黃子容。

「快叫救護車！」關旭喊著。

原來，關旭推開了我，而黃子容推開了關旭。

這一切就像三角習題一樣難解，也許，還會無解。也許有些事情，不是努力想要解決，它就會照著我們想的那樣走。

變化，總是在那一瞬間。

救護車把我們送進急診室，護士帶我去清理傷口，包紮完之後，我回到急診室門口，看到關旭呆坐在椅子上。

我走了過去，他帶著充滿歉意的表情看著我問：「還好嗎？」

我點了點頭，坐到他旁邊，握著他的手。但我不知道該怎麼安慰他，我想現在最難過，最不好受的人是他吧。

他也緊緊握著我的手。

也許他想強裝鎮定，但我並沒有錯過他手裡些許的顫抖。

我們都很清楚，這將關係到我們，還有我們的以後。

在急診室外等待的時間裡，關旭也打了電話通知她的家人。這對他來說需要多少勇氣才能夠說出口？他的疲憊，讓我好心疼。

三個小時的漫長等待，醫生終於從急診室走出來，然後對關旭說：「情況很不樂觀，如果這兩天她沒有醒來，可能就會變成植物人，你們要有心理準備。」

醫生離開了。

我們卻無法直視彼此，這結果無疑是將我們推入了地獄。

黃子容被送到加護病房，站在加護病房外，關旭對我說：「妳先回去休息吧，有什麼狀況我再打電話給妳。」

我明白他不要想我面對她家人即將來到的場面。點了點頭，他幫我叫了台計程車，送我上車，「不要亂想，好好睡覺。」

我努力微笑，當計程車往前開時，我回過頭看著他的背影，流下了眼淚，全身開始僵硬，不安的黑潮好像要把我吞沒。

回到家，我吃了一顆之前醫生開給我，但我從來不碰的安眠藥，好讓自己沉沉地睡去。再次醒來，已經是晚上十點多了。

這一覺，我睡了十六個小時。

醒來的第一件事，我馬上拿起手機看，卻連一通未接來電和簡訊都沒有，這讓我的不安無限擴大。

我坐在沙發上，一動也不動，等待著天亮。

直到早上，手機依然沒有動靜。無法再忍受這種不安，我換了衣服，在路上招了台計程車便往醫院去。

懷著忐忑不安的心情走到加護病房門口，手舉起又放下，始終不敢敲門，卻聽到裡面傳來吵鬧聲。

一位婦人的聲音喊叫著，「你怎麼那麼沒有良心，我好好一個女兒交給你，你沒有疼愛她，現在還讓她昏迷不醒地在這裡。」

另一位男子的聲音卻說：「會這樣都是女兒自己造成的，當初她就不應該想盡辦法要嫁給關旭，人家根本就不愛她，這幾年來也夠了吧！」

「你說那是什麼話，女兒被害成這樣，你還幫他講話！如果女兒有什麼萬一，我會要他負責到底。」

即使沒有聽到關旭的聲音，我都能想像他現在的表情會有多哀傷。

他到底犯了什麼錯？從頭到尾最無辜的是他啊！

負責到底這四個字讓我卻步了，這一切都不是我和關旭想像中的簡單，我們都太小看這場戰爭。

無力地走出醫院，手機傳來了簡訊聲，我心一驚，趕緊查看之後，並不是關旭，而是我的母親。

「我回美國了，家還給妳，我知道他去找過妳，妳不必因爲他說的話同情我，我不需要。」

我看完她傳來的簡訊，忍不住搖了搖頭，她眞的是我的母親，愛面子又倔強。

而這個念頭，居然沒有讓我不悅。也許，我可以平靜地看待父親、她和我之間的關係了。

回到家之後，我掙扎著到底要不要搬回去，擔心如果離開了這裡，是不是表示我又離關旭更遠了。

我不想。

再度吃了安眠藥，昏昏沉沉地睡著之後，叫醒我的，是一連串的門鈴聲。

我打開門，是兩天不見的關旭。他眼睛布滿血絲，臉色憔悴、臉上長出鬍渣，整個人像是要虛脫了一樣。一湧而上的心疼，讓我的眼淚又奪眶而出。

他往前抱住我。

就這樣，我讓他依賴了好久，他才放開手。在他看見之前，我抹去了臉上的淚水。

不能讓他擔心，這是我唯一能做的。

他坐在沙發上，這次換我到廚房忙碌，想幫他做點什麼，卻發現我只會煮泡麵。等我端著麵再次出現，他已經倒在沙發上睡著了。

我沒有吵他，看著他睡著的樣子，沒有移開過眼神。

這是我唯一能擁有他的時間。

當我閉上眼睛，再次醒來時，他已經從沙發上消失，而我身上，披著昨天我蓋在他身上的那條被子。

如果沒有這條被子，我會以爲昨天晚上是一場夢。

坐在沙發上抱著被子發呆，擔心著黃子容的檢查結果時，關旭從門口走了進來。原本憔悴的樣子已經不見了，他變回清爽帥氣的模樣。

他提著食物進門，遞了一碗麵給我，「妳這兩天瘦了，先吃一點東西。」

我看著那碗放在我面前的麵，我開始害怕起來。我發現，他總是習慣先把我餵飽，再告訴我一些殘忍的事實。

他看我不動，又說同樣的話，「還是我餵妳？」

我搖了搖頭，拿起筷子吃麵。他依舊打開電視看海綿寶寶，我竟感到現在有一股不尋常的氣氛，即使他做著同樣的事。

就是覺得，有某些東西不一樣了。

這次我搶在他前面收拾好碗筷，拿到廚房清洗，說服自己其實什麼事都沒有，是我自己想太多了。

我發現他從後頭走了過來，站在我背後看著我，但我不敢回頭。

他從後面擁抱著我，我手上的碗跌落在洗碗槽裡，碎了，心裡的不安又開始擴大。

他的頭倚在我的肩膀時，我發現我的肩膀溼了，因爲他哭了。

我才想要回過頭去，他卻說：「不要動。」

哽咽的聲音，證實了落在我肩上的是他的淚水，這個時候，不安把我吞噬殆盡，不管是什麼話，我都不想聽。

「她永遠都沒有辦法醒過來了。」他的聲音在我耳邊響著。

我的心臟停止跳動，永遠都沒有辦法醒過來了？

他哽咽地繼續說：「我不應該妄想自由，早在結婚那時候，我就已經失去自己，這輩子我早就註定沒權力擁有幸福。」

我的眼淚再也忍不住奪眶而出，緊咬著嘴唇，不讓自己失控。

「對不起，我現在什麼都沒有辦法給妳。」當他說了這一句話之後，我知道我失去他了，而且是永遠失去。

我的淚水滴在他環抱著我的手上，他把我抱得更緊，但這都沒有辦法安慰我們。

「對不起。」他說了這句話後，放開了我，也離開了屋子。

我站在原地全身動彈不得，聽見門打開後又關上的那一聲時，我知道最終他還是離開了我的世界。

站在洗碗槽前，我徹底崩潰，在水龍頭嘩啦啦的水聲中放聲大哭。關旭離開了我的人生，我的悲傷什麼時候才會停止？

事實上，悲傷誰也帶不走，我靠安眠藥讓自己昏睡了幾天，因爲我不想醒著。

當我醒著時，耳邊不斷響起關旭對我說的「對不起」三個字，那會讓我的心好痛。

幸福對我來說，爲什麼這麼難？

眼淚已經不是我能控制，也不知道自己是不是流著眼淚，只知道自己的心承受很大的傷痛，快要不能呼吸。

這一切的一切來得這麼快，也消失得這麼快。

我坐在客廳，看著海綿寶寶，眼淚一直流，我不停地說服自己，這將會是最後一次哭泣，何凱茜的眼淚就流到今天爲止。

從明天開始，我要變回原本堅強的何凱茜。

這一切的一切，我會埋在心裡，我永遠都會記得他，那個只短暫屬於我的關旭。

那個我曾經愛過的關旭。

三天後，我整理好行李，決定要搬回家裡。把行李搬上車時，看到房屋仲介人員，正在關旭住過的房子外貼著大大的「售」字。

忍住翻騰的情緒，我看到這個字，更加明白這一切眞的結束了。

我發動車子，離開這裡，離開曾經和他相處過的地方。

打開家門，回到熟悉的房子裡，看到原本屬於我的地方變了一個樣子，我想生氣，卻沒有辦法生氣。

我的母親，倔強的母親，我怎麼會忘記，她這麼自大的人，不可能甘心這樣離開，一定要留下什麼，才是她的風格。

我拿起手機，傳了簡訊給她，十年來的第一次。

「我眞的很討厭妳自以爲是的蕾絲。」

我的床單、桌巾、窗簾都滾上了蕾絲。從以前她就希望我像個公主，但我不是公主，以前不是，現在也不可能會是。

把所有的傢俱重新整理一遍，換上我最愛的紅色絲質被單，紅色沙發套，紅白相間的窗簾。紅色平靜了我的心。

就這樣回到原點吧！

我告訴自己，讓一切重來。

利用早上的時間，整理好房間，我換了衣服，拿了資料就到公司去，馬克看到我出現非常意外，看他的表情，我知道他很意外爲什麼我能正常地出現在這裡，畢竟幾天前，我還把他關在門口，拒絕他的安慰。

「茜，妳沒事吧！」

我點了點頭，微笑地說：「沒事。」

他一臉不可思議地看著我，我也懶得理他，直接走到老闆辦公室裡。對於這個工作，我有了一些不一樣的決定。

「凱茜，難道是薪水不夠好嗎？爲什麼一定非要辭職？」老闆坐在我的面前，表情像要哭了的樣子。

「薪水很好，我只是想休息一陣子。」過去的我，帶著傷、帶著恨在生活，用工作麻痺自己，我失去了生活的眞正意義。

是關旭教會我寬恕及原諒，我想抱著這樣的心情重新生活。

「凱茜，妳知道我沒有妳不行啊！妳是公司的重要的人物，妳不在了，肯定有很多大戶會跑掉的。」

我笑了笑，沒有多說，把辭呈遞給老闆，然後離開辦公室。

這個世界上，不會沒有誰不行的，即使誰消失了，地球還是會持續運轉著，這是我最近學到的道理。

我必須習慣關旭消失這件事。

走回我的座位上，拿出帶來的紙箱，開始整理私人用品。我在公司的時間很少，自然東西也不多。

「茜，妳要幹麼？」馬克對我的動作不能理解。

「我辭職了。」我淡淡地說。

辦公室的同事亂成一團，老闆娘正從門口走進來，大聲斥喝著，「吵什麼？是都不用上班了嗎？」

接著，她走到我面前說：「妳這是幹什麼？」

「凱茜辭職了。」馬克代替我回答著。

她露出驚訝的表情，「妳走了，公司怎麼辦？」

我忍不住在心底苦笑，我在公司，她擔心我勾引她老公，我要離職，她又擔心公司的運作。

抱著我的東西，我走到她面前，對她說：「就讓它倒吧！」

如果沒有能力掌握一間公司，要倒也就趁快吧。我不相信老闆沒有這樣的能力，他只是習慣了有我幫他。

我離開公司，馬克衝了出來，我回過頭去看著他。

他走到我面前，摟住我說：「茜，妳眞的好棒。」

我笑了笑，拍拍他的臉，「要狗腿去找你老闆娘。」

「我在這裡，一直都在這裡，如果妳需要我陪妳，妳知道我在這裡。」他突然正經地說。

我微笑地點了點頭，很感激他一直在我身邊，從林君浩到關旭，我眞的學到了很多東西，傷痛一直都會在，我學會了和傷痛相處。

回到家裡，我看著這熟悉的一切，這一次，眞的是重新開始。

辭去工作後，我到父親修行的廟宇裡當義工。有些浮萍兒，下課後沒有人照顧，就會送到廟裡去，像是安親班那樣。我在那裡，幫忙輔導那些小朋友的功課。

至於其他的時間，我就待在家裡看看書、聽聽音樂，偶爾到健身房運動，這樣的生活，讓我的心情很平穩。

「來，吃點心囉！」父親端了一鍋綠豆湯，走了進來。

小朋友大家歡呼著，很規矩地準備著要吃綠豆湯，一些大朋友會照顧小朋友，這裡讓他們變成了家人。

父親端了一碗給我，「我怎麼覺得妳愈來愈瘦了？」

我接過綠豆湯，搖了搖頭說：「哪有？可能是我最近有健身吧！」

我並沒有特別告訴父親我和關旭的事，但當我第二次來找他時，他只是摟著我的肩，淡淡地笑著，對我說：「不管遇到什麼事，妳要相信自己。」而我只是默默地抱著他流淚。

我和父親喝著綠豆湯時，有一位師父走進來對父親說了幾句話。

父親轉頭看我笑著，「孩子，讓妳心裡牽掛的兩個人，來了一個，妳要去見他嗎？」

我聽著父親的話，覺得莫名其妙，跟著師父走到外面去。

我看到的，居然是幾個月不見的采雅。她站在樹下對著我笑著。我走到她面前，兩個人緊緊相擁，我一直虧歉的采雅，終於來到我面前。

「妳怎麼知道我在這裡？」我問著。

「除了妳之外，其他姊妹一直都有跟妳的父母親聯絡。」

我驚訝地看著她。

「我們都知道妳受傷很重，但他們很愛妳，都會問我們有關妳的近況，在背後默默關心妳，但我們大家一致決定，這些要讓妳自己發現。」

我很感動，「謝謝。」

采雅笑著說：「有什麼好謝的，我們是姊妹，而且我要向妳道歉，這段時間因爲我，妳也難過了不少。」

我搖了搖頭，大家都受了傷。

她從口袋裡拿出一條很漂亮的紅珍珠項鍊，幫我戴上。「每個姊妹都有一條，紅色是妳的，我自己設計，在巴黎找師傅做的喔！」

冰涼的珍珠躺在我的胸口上，卻燒不熄我沸騰的感動。手裡握著采雅的心意，我感謝上天把采雅帶回我身邊。

采雅抱著我，「這段時間妳受了好多苦，我卻不在妳身邊，對不起。」

我們兩個人抱在一起哭了起來。失去了關旭，他卻讓我得到更多，夠了、眞的夠了。

即使他不在我身旁，但留給我的愛，夠我繼續生活了。

—兩年後—

我走在桃園國際機場裡，手機響了。

我很清楚知道是誰，所以完全沒有想要聽的念頭，就讓鈴聲持續地響著。但對方似乎在挑戰我的極限，響了第五遍，我受不了只好接起來。

「我就說我不要了。」我在電話這頭吼著。

「那是我精心幫妳挑選的，小倫結婚妳穿這套最適合了。」我的母親連美芸小姐，自從我傳了第一封簡訊就開始沒完沒了。

三個月前，她還騙我她生病，硬是把我拐到美國去。

她哪裡生病，她老公接我到他家時，她正在大口大口吃著冰淇淋。當下我真的想馬上轉頭就走，結果她的技倆多到不行，硬是把我留在那邊留了三個月。要不是小倫和仁丰要結婚，我可能還沒辦法脫逃。

最恐怖的是她居然還擅自塞了一套滿是蕾絲的伴娘裝到我行李裡。

我只能說，也許未來的某輩子我會穿上，但這輩子是完全不可能的。

「我不要，妳不要說了，我要趕回去台中。」說完，我直接掛電話。

今天是小倫結婚的日子，我明明應該前兩天就回來的，她又硬說那裡痛這裡痛，害我又遲了兩天才回到台灣。

準備去搭高鐵時，采雅來了電話，「妳到了沒？」

「我剛下飛機，被我媽纏住，我快瘋了。」

采雅在電話那頭笑著，應該有些意外我居然可以把「我媽」這兩個字說得這麼順口。

我自己也覺得不可思議，「妳別笑了喔！」

「好啦。衣服我幫妳準備好了，妳到飯店馬上打給我。」采雅說。

掛掉電話，眞慶幸有這些貼心的好朋友。我打死都不會穿那套蕾絲裝。

拉著行李，走出機場，準備坐計程車到高鐵站時，卻意外地看到站在離我兩公尺遠的人，居然是黃子容！

擔心自己看錯了，我無法轉移視線，沒想到隨著時間一秒一秒過去，眼睛裡看到的不是幻像，那眞的是她！

這輩子再也沒有想過會見到的人，居然完好健康地站在我的面前。

我忘不了關旭，更忘不了她，她爲關旭流的血、爲關旭受傷的臉，我永遠都忘不了，總是時不時地在我腦子裡浮現，然後心開始微微刺痛。

而現在，我幾乎沒有辦法呼吸，應該昏迷不醒的人站在那裡，開心地和一旁的人笑鬧著，這是我第一次看見她臉上閃著幸福的光芒。

人潮交錯間，我只看到黃子容的笑容，我努力的想看清楚站在她一旁的人，卻是怎麼樣都看不到他的臉。

但我想，摟著她、逗她笑的人，應該是關旭吧！

這一個念頭，讓我又忍不住心酸了起來，眼眶蓄滿淚水。也許這眞的是最好的結果，不是嗎？

計程車停在他們的前面，黃子容上了車，後面的關旭正準備上車時，我看到了他的臉。

那不是關旭！

一千萬個問號同時在我腦中轟炸，那個人不是關旭？那個摟著黃子容的人不是關旭？

那他呢？他去裡了？這到底是怎麼一回事？

我太想得到答案，搶了別人的計程車，我只能焦急地對著被我搶了計程車的路人道歉，隨即要司機上跟黃子容的車。

車子進了桃園市區，轉啊轉繞啊繞的，就跟我的心情一樣，愈來愈不安，愈來愈焦躁。

關旭呢？緊張的雙手早已握成拳頭，泛白的關節還是無法消除我的焦慮。

我不停地問我自己。

二十分鐘後，當計程車停在一間飯店前面，那一瞬間我才開始放鬆，終於可以不必再逼問自己那個沒有答案的問題。

因爲，我要去問可以給我答案的人。

我匆匆忙忙地付了錢，拉著行李就往飯店門口衝，在黃子容和她的男伴走進去那一刻，我拉住了黃子容。

她嚇了一跳，旁邊的男人將她拉到身後。

「妳……」我氣喘吁吁地喊著她。

她的表情從驚訝變成了竊笑，「是妳？好久不見！」

「妳在這裡做什麼？」我努力壓抑住紛亂的情緒問著。

她走到我面前，高傲地說：「我跟男朋友來度假，怎麼？不行嗎？」

男朋友？

「那關旭呢？」我的心開始慌亂了。

她笑著反問，「關旭？妳說那個什麼都沒有的關旭嗎？」

「妳這是什麼意思？妳不是受傷昏迷不醒嗎？」聽著她的話，我全身開始冰冷，關旭到底發生什麼事了？

「昏迷不醒！我是昏迷不醒，還好上天有眼可憐我，讓我清醒了，怎麼樣？妳失望嗎？」

她依舊是黃子容，咄咄逼人，氣燄高張。

我沒有回答，她有沒有清醒對我來說一點都不重要，「關旭呢？」

「不知道！」

她的態度激怒了我，我忍不住對她大吼：「什麼叫不知道？妳不是很愛他嗎？不是怎麼樣都不肯放過他嗎？」

她冷笑了一下，「是，我一點都不想放過他，還打算跟他糾纏一輩子，要不是他媽媽跪在我家好幾天，最後還昏倒送醫院，我根本不打算放過他。」

聽著她的話，我完全無法想像關旭會有多痛。

「妳瘋了嗎？妳爲什麼要這樣？拖住一個不愛妳的人，妳有比較開心嗎？」我冷冷地說著。

「有，我很開心，開心得不得了，如果沒有遇到阿偉，我還打算拖住他一輩子，怎樣？」她得意地挽著身旁的那個男人。

我哭了，我居然在黃子容的面前掉眼淚了。因爲心疼關旭，眼淚沒有尊嚴地掉出來了。

「妳還要他嗎？要他拿全部財產來換自由，我算很仁慈了。他現在很自由，但什麼都沒有，沒有錢、沒有車子，我不相信妳還要他。」

我看著黃子容，抹去臉上的淚水，很認眞地對她說：「要！即使他這輩子都一無所有，我也會要他。」

拉著我的行李，轉身離開，讓黃子容成爲我生命的過客。

回台中的路上，我不停地在想關旭去了哪裡。鼓起勇氣撥他的電話，卻是已經暫停使用。

你好嗎？關旭。

我看著手機上他的電話號碼，不停地想他。

正當我失神時，電話鈴聲突然響了，我嚇了一跳，趕緊接起電話，一開口就差一點脫口而出，「關……」

「妳人在哪裡啊！不是應該到了嗎？」小倫在電話那頭抱怨著。

我深呼吸一口氣，平靜了自己的心情，把後面沒開口的那句話吞了回去，「快到了啦！妳不要急。」

「怎麼可能不急，都快五點了！」

「我保證不會遲到。」

安撫好小倫的情緒，下台中高鐵站，馬上招了一台計程車衝到飯店。在門口時，看到了一台和關旭車子相同型號的車，我的心跳漏了一拍。即使過了兩年，我還是無法忘懷他的一切。

我總是會在夜深人靜時想起他的貼心、他的白目，想著，就好像他還在我身邊一樣。

那個愛看海綿寶寶的關旭究竟去了哪裡？

「凱茜！」采雅的呼喚讓我回過神。

好久不見的我們在門口又叫又跳的，不管別人的眼光，就這樣大笑著。三個月沒見面，對我們來說眞的太久了。

「妳怎麼下樓來了？」我問。

她突然臉紅，「我剛好下來接朋友。」

我看到一旁站著的男子，年紀看起來比采雅小，但是個讓人感覺舒服的男人，我對他點了點頭致意。

「茜，我跟妳介紹，他是馬子維，這是我的姊妹，凱茜。」

我看著他們兩個之間不停竄流的火花，我很開心，采雅找到了另一半，這個男人應該挺有本事的。

采雅拉著我，「走，我先帶妳去換衣服，然後我們再去找小倫，她今天美極了。」換上采雅幫我準備的禮服，我不得不說，她真的很知道我想要是什麼，紅色合身禮服，再搭上她幫我準備的銀色高跟鞋，讓我好美麗。

「我的天啊，妳好漂亮。」采雅總是大方地讚美我。

我笑了笑，「裙子再更短一些會更好。」

「妳是打算讓在場單身的男子看著妳就飽了是嗎？」采雅開玩笑地說。

而小倫居然不顧自己是新娘子，穿著白紗就跑進來，抱著我猛叫猛親。她那新娘妝大紅的唇印，就這樣印在我臉上。

倫媽跟在她身後擔心唸著，「妳給我停一停，又要補妝了啦，今天到底是要補幾次？」

「茜！妳也去太久了吧！」小倫嘟著嘴不滿地說著。

「拜託妳今天可以像個新娘子嗎？」我實在被她打敗了。

「妳很不夠意思耶。」

沒能陪她準備婚禮，我覺得很抱歉，「哎唷，我紅包會包很大包啦！」

「沒有五百萬我不收。」

「倫媽，快把她帶走吧。」懶得跟她瘋言瘋語的，晚宴都要開始了，新娘子還一身亂。

我揚起笑容，能夠看著自己的朋友走向幸福的那一端，眞的好棒。

典禮還沒正式開始，光是看到小倫站在紅毯的那一端，我和采雅就紅了眼眶。認識小倫好像才是昨天的事，沒想到時間過得這麼快。

我們都已經三十歲了。

小倫正走向她人生的另一個旅程，而我，還是停留在原地，沒有勇氣往前。這段時間，也陸續遇過一些不錯的對象，卻無法讓我動心。

新郎新娘交換戒指的那一刻，我和采雅都流下了眼淚，不一樣的是，采雅有王子幫她拭去淚水，而我，只能自己默默地收拾。

又想起了那雙總是遞衛生紙給我的溫柔雙手。

我待在這個地方，既心痛又感動，窒悶的空氣揪住我的呼吸，我就快要喘不過氣來了。典禮完美結束那一刻，我告訴采雅要去洗手間，用最快的速度離開會場。

一到會場外，呼吸到新鮮空氣時，我才有辦法冷靜下來，平復自己的情緒。

只是冷靜過後，我又想起了關旭。

站在會場外飯店大廳的落地窗前，美麗的城市夜景映入眼簾，我腦子不停想起，他曾開著車子帶著我在這座城市的大街小巷穿梭。

我以爲時間會沖淡一切，但兩年過過去，對他的愛和想念只是不停地加深。

而現在，輾轉知道了他的消息，卻是讓我更加無力。

「關旭，我好想你。」我在心裡呼喊著，淚水又這麼落下。

你呢？

過了好一會兒，讓自己平靜了之後，才又有勇氣再進入會場。

沒想到，我一轉身，用手拭去眼角殘餘的淚水時，便迎面撞上一個人。我跌坐在地上，還好是跌在地毯上，並沒有受傷。

對方把我扶起來，我吃痛地站起身，睜開雙眼，發現我的隱形眼鏡不見了。

「糟糕，我的隱形眼鏡掉了。」眼前矇矓的一片。

突然間，那個人把我拉進懷裡，在我耳邊說：「左眼一千度，右眼九百五十度，散光一百五十度。在我幫妳買到隱形眼鏡之前，我先當妳的眼睛。」

這個聲音，讓我全身僵硬。

這是夢嗎？我沒有辦法思考，只能呆愣著。

「妳嚇傻了嗎？」他在我耳邊問。

原本止住的眼淚又流了下來，我顫抖不已，「是你嗎？」

「是我。」他說。

我永遠沒辦法忘記的聲音，是他，是關旭！我激動得放聲大哭，這兩年累積的思念讓我崩潰。

他哽咽地說：「對不起，我回來了，自由的關旭回來了。」

我們擁抱著彼此，深怕這一放手，一切又將消失。

過了好久，我的情緒才平復下來，他看著我說：「我有很多話想說，妳還要繼續哭嗎？」

我哭笑不得，他的白目依舊沒有改變。

他把我帶到一旁，幫我擦去淚水，緩慢地開口，「我回到台北後，辭去工作，專心照顧她……」

「我知道她醒了。」

他驚訝地看著我。

「在遇見你之前，我正好遇見她。我都知道了，你爲什麼不找我？」我說。

他笑了笑，「我沒有勇氣找妳，三十五歲的我，什麼都沒有，再加上那時妳傷得那麼深，我想妳也許很快有了疼妳的另一半，所以……」

「所以你覺得我是愛錢的女人？所以你就一直拖到現在？你要不要等我六十歲再來找我？」他的理由眞是讓我很想揍他。

「我知道妳不是，但我希望自己至少要有新的起步才可以。而且如果妳六十歲還單身，我一定會去找妳。」他很正經地回答，但聽在我耳朵裡，還是白目。

我用掌風掃了他，然後起身離開，覺得這兩年來的思念眞是白搭。

「喂！」他從背後抱住我，很認眞地說：「我眞的眞的眞的好想妳。」

我眞的被他打敗，轉過身去，也緊緊抱著他。感謝上天，再一次讓他回到我身邊。愛是沒有劇本的，它可能會有很多結果，我很慶幸的是，在一連串的傷害之後，我還可以擁有幸福，這是我從來沒有想過的。

從來沒有想過，我可以再一次擁有關旭。

正當擁抱漸漸地填滿思念的空缺，他突然問：「爲什麼妳都不說？」

「說什麼？」

「說妳也想我啊！」

「不要。」又來了，他眞的很會煞風景。

「那說妳愛我？」

「不要。」

「那這些年來妳是不是很孤單？」

「沒有。」

「是不是很寂寞？」

「沒有。」

他突然嘆了大大地一口氣，依舊緊緊抱著我，「妳可不可以像海綿寶寶那樣好相處？」

「你可不可以不要像派大星那麼不會看臉色？」因爲他的關係，我也開始看海綿寶寶。

幼稚的爭吵一直持續著，但擁抱著彼此，我們都感受到幸福，再也不孤單，寂寞也不需要說。

因爲走散的兩個心，終究會回到彼此身邊。

【全文完】

▽後記

與寂寞爲伴

當我打上「全文完」時，我放鬆了。

不是因為故事終於結束，而是因為必須停留在「寂寞」這個情緒的緊繃感總算舒緩了。

我不是一個常常感到寂寞的人，對我來說寂寞也有很多不同的滋味，有甜的、苦的、酸的、淡的。偶爾想起某段回憶，即使心裡感覺緊窒，卻能不自覺地發出微笑，這是可以讓人感受幸福的寂寞。

看過太多人拿著寂寞當藉口，在愛情裡橫衝直撞，傷了自己也傷了別人。

寂寞很多，其實一直都很多。不必上網搜尋排遣寂寞的方法，因為它永遠都存在，當你想念一個人時，寂寞就這麼來了。當你對愛情不安時，寂寞就開始放大，吞噬理智，它無所不在。當你害怕孤單時，寂寞就咬住你不放。

有人說，現代人真的很寂寞。

寂寞的病毒，在我們的身邊竄動，等待著侵蝕靈魂，可惜，這種病毒不能靠吃藥打針來治療，更沒有辦法上醫院掛號，因為沒有「寂寞消除科」。

我們能做的，就是和它和平共處，體會寂寞裡潛藏的溫柔及感動。

寂寞很好，它會讓你更懂得珍惜擁有時的快樂，它會讓你學會，一個人靜靜地呆著，什麼都不需要做，卻能感受到幸福。

當你接受了它，就會發現其實寂寞也能散發璀璨的美麗。

雪倫

國家圖書館出版品預行編目資料

噓……寂寞不能說 / 雪倫著. -- 初版. -- 臺北市；
商周，城邦文化出版；家庭傳媒城邦分公司發
行, 民 99.04
面　；　公分　　--（網路小說；149）

ISBN 978-986-6285-54-7（平裝）

857.7　　　　　　　　　　　99004627

噓……寂寞不能說

作　　者／雪倫
企畫選書人／陳思帆
責任編輯／陳思帆

版　　權／翁靜如
行銷業務／李衍逸、黃崇華
總 編 輯／楊如玉
總 經 理／彭之琬
發 行 人／何飛鵬
法律顧問／台英國際商務法律事務所　羅明通律師
出　　版／商周出版
城邦文化事業股份有限公司
台北市民生東路二段 141 號 9 樓
電話：(02) 25007008　傳真：(02) 25007759
Blog：http://bwp25007008.pixnet.net/blog
E-mail：bwp.service@cite.com.tw
發　　行／英屬蓋曼群島商家庭傳媒股份有限公司城邦分公司
台北市民生東路二段 141 號 2 樓
書虫客服服務專線：(02) 25007718、(02) 25007719
服務時間：週一至週五上午09:30-12:00；下午13:30-17:00
24 小時傳真專線：(02) 25001990、(02) 25001991
劃撥帳號：19863813；戶名：書虫股份有限公司
讀者服務信箱：service@readingclub.com.tw
城邦讀書花園：www.cite.com.tw
香港發行所／城邦（香港）出版集團有限公司
香港灣仔駱克道193號東超商業中心1樓
E-mail：hkcite@biznetvigator.com
電話：(852)25086231　傳真：(852) 25789337
馬新發行所／城邦（馬新）出版集團【Cité (M) Sdn. Bhd.】
41, Jalan Radin Anum, Bandar Baru Sri Petaling,
57000 Kuala Lumpur, Malaysia.
Tel: (603) 90578822　Fax:(603) 90576622
email:cite@cite.com.my

版型設計／小題大作
封面設計／黃聖文
電腦排版／浩瀚電腦排版股份有限公司
印　　刷／高典印刷有限公司
總 經 銷／聯合發行股份有限公司
電話：(02)2917-8022　傳眞：(02)2915-6275

■ 2010 年（民 99）4月6日初版
■ 2017 年（民 106）6月22日初版 8.5 刷

Printed in Taiwan

城邦讀書花園
www.cite.com.tw

定價 / 180元

ISBN　978-986-6285-54-7

廣 告 回 函
北區郵政管理登記證
台北廣字第000791號
郵資已付，免貼郵票

104台北市民生東路二段 141 號 2 樓

英屬蓋曼群島商家庭傳媒股份有限公司　城邦分公司

請沿虛線對摺，謝謝！

書號：BX4149　　**書名：**噓……寂寞不能說　　**編碼：**

請於此處用膠水黏貼

讀者回函卡

感謝您購買我們出版的書籍！請費心填寫此回函卡，我們將不定期寄上城邦集團最新的出版訊息。

不定期好禮相贈！
立即加入：商周出版
Facebook 粉絲團

姓名：＿＿＿＿＿＿＿＿＿＿ 性別：☐男 ☐女

生日：西元＿＿＿＿年＿＿＿＿月＿＿＿＿日

地址：＿＿＿＿＿＿＿＿＿＿

聯絡電話：＿＿＿＿＿＿＿＿ 傳真：＿＿＿＿＿＿＿＿

E-mail ：

學歷：☐ 1. 小學 ☐ 2. 國中 ☐ 3. 高中 ☐ 4. 大學 ☐ 5. 研究所以上

職業：☐ 1. 學生 ☐ 2. 軍公教 ☐ 3. 服務 ☐ 4. 金融 ☐ 5. 製造 ☐ 6. 資訊
☐ 7. 傳播 ☐ 8. 自由業 ☐ 9. 農漁牧 ☐ 10. 家管 ☐ 11. 退休
☐ 12. 其他＿＿＿＿＿＿＿＿

您從何種方式得知本書消息？

☐ 1. 書店 ☐ 2. 網路 ☐ 3. 報紙 ☐ 4. 雜誌 ☐ 5. 廣播 ☐ 6. 電視
☐ 7. 親友推薦 ☐ 8. 其他＿＿＿＿＿＿＿＿

您通常以何種方式購書？

☐ 1. 書店 ☐ 2. 網路 ☐ 3. 傳真訂購 ☐ 4. 郵局劃撥 ☐ 5. 其他＿＿＿＿

您喜歡閱讀那些類別的書籍？

☐ 1. 財經商業 ☐ 2. 自然科學 ☐ 3. 歷史 ☐ 4. 法律 ☐ 5. 文學
☐ 6. 休閒旅遊 ☐ 7. 小說 ☐ 8. 人物傳記 ☐ 9. 生活、勵志 ☐ 10. 其他

對我們的建議：＿＿＿＿＿＿＿＿＿＿

＿＿＿＿＿＿＿＿＿＿

＿＿＿＿＿＿＿＿＿＿

【為提供訂購、行銷、客戶管理或其他合於營業登記項目或章程所定業務之目的，城邦出版人集團（即英屬蓋曼群島商家庭傳媒（股）公司城邦分公司、城邦文化事業（股）公司），於本集團之營運期間及地區內，將以電郵、傳真、電話、簡訊、郵寄或其他公告方式利用您提供之資料（資料類別：C001、C002、C003、C011 等）。利用對象除本集團外，亦可能包括相關服務的協力機構。如您有依個資法第三條或其他需服務之處，得致電本公司客服中心電話 02-25007718 請求協助。相關資料如為非必要項目，不提供亦不影響您的權益。】

1.C001 辨識個人者：如消費者之姓名、地址、電話、電子郵件等資訊。
2.C002 辨識財務者：如信用卡或轉帳帳戶資訊。
3.C003 政府資料中之辨識者：如身分證字號或護照號碼（外國人）。
4.C011 個人描述：如性別、國籍、出生年月日。

請於此處用膠水黏貼